「お、おとうさま！　おねがいがあるのです」
「なんだい？　珍しいね、セレフィー？」
「わたしはしょうらいきしがっこうにいきたいです。だからいまからきそをまなびたいのです」
転生令嬢は冒険者を志す

ラルーザ・グランゼウス
セレフィオーネの兄。
ルー
四天の聖獣（西）。セレフィオーネの魔力に惚れて〈契約〉中。
アイザック・グランゼウス
セレフィオーネの父。
セレフィオーネ・グランゼウス
前世で読んでいた小説の悪役令嬢に転生した、元日本人のアラサー女子。破滅エンド回避のために〈魔力なし〉を装い、騎士学校に入学。
エルザ・トランドル
セレフィオーネの祖母。武の名門トランドル領の領主。

アス
四天の聖獣（南）。
ギレンに〈使役〉されている。
ギレン
ガレ帝国の皇子。
ジュドール王国への留学中に
セレフィオーネと出会う。
アルマ
騎士学校1年生。
セレフィオーネの大事な女友達。
ニック
騎士学校1年生。
セレフィオーネの友人。

『セーレー！ くすぐったい！
ほら、どっちに行けばいいの？』
「はっ！ ごめん！ えーっと、とりあえず
大イチョウの木の方向に真《ま》っ直《す》ぐ。レッツゴー！」
『れっつごー!!』

転生令嬢は冒険者を志す

Tensei reijo ha boukensya wo kokorozasu

小田ヒロ

イラスト／Tobi

口絵・本文イラスト
Tobi

装丁
木村デザイン・ラボ

Tensei reijo ha
boukensya wo kokorozasu

contents

第一章　聖獣様と出会いました

寒いと思って窓の外を見てみると、真っ白なボタン雪がフワフワと落ちてきた。

ボタン雪？

三歳の私《わたし》はボタン雪なんて言葉をどこで覚えたっけ？　と不思議に思う。最近こういうことがたまにある。首を傾《かし》げながら窓辺に近づき、背伸びして窓枠を両手で掴《つか》んで外の様子を見た。

窓には景色の前に見慣れた自分の姿が映っている。肩甲骨まで届いている漆黒で直毛の髪に、漆黒の瞳《ひとみ》。そんな自分を地味だわ、と確認してからその向こうを見やる。

伯爵邸の庭園の広い芝がドンドン真っ白に塗りつぶされていくのを、ジッと眺める。雪が積もるなんて物心ついて初めてだ。明日の朝になったらきっと膝《ひざ》まで積もってる。そしたら雪だるま作ろう。お父さまに怒られるかしら？　って雪だるまって何だっけ？

……まただ。私は空を睨《にら》んで考えこんだ。

すると外からサシュッ、サシュッと雪を踏みしめる足音がして、視線を戻した。

窓の外のさっきまで真っ白だった地面に、いつの間にか点々と赤い模様が増えていて――その模様の先にとても小さな白いモフモフした何かがうずくまっていた。前脚が真っ赤に染まっている。

怪我《けが》をしてるの⁉　大変だわ！

私はベッドの毛布を掴み、外に飛び出した。新雪に小さな足跡を残しながらハアハアと息を乱してそれに駆けつける。そこで見たものは……虎《とら》？

「あ……あああ‼」

銀色に輝く高層ビル、立体交差する道路、そこを猛スピードで走る自動車、ギラギラと夜でも明るい街、知りえない映像が猛スピードで私の頭の中に流れ込む。

そして記憶の先にたどり着いた一冊の本。私は愕然《がくぜん》としながら、目の前の聖なる存在を恐る恐る抱き上げた。

私は丁寧に子虎——改め【聖獣・白虎《びやつこ》】の血を濡《ぬ》れタオルで拭《ぬぐ》い、右前脚の怪我を消毒し、薬を塗り、包帯がわりにタオルを裂いてそっと巻いた。

三歳にしては手際良すぎるよね？　私もそう思う。さっきまでの私にはできなかった。でもあれこれ思い出してしまった今ならできるのですよ。体が小さい分、手間と時間はかかるけど。

「『いせかいてんせい』ばい……」

私はピンクの毛糸のケープに白虎様を包《くる》んで膝《ひざ》に乗せ、頭を撫《な》でながら、かつての自分の言葉でぼんやりとつぶやいた。

私は特別なところは何もなかったけど、ちゃんと自活していた社会人だった。三十歳くらいかな？　仕事の責任は増え、数人の後輩の指導をこなし、でも後輩は転職やら結婚やらですぐに辞めて、ドンドン仕事量が増え、出会いを見つける暇もなく、一人神経をすり減らしていた記憶が最後。

どうやって死んだのかはわからない。過労死？

そんな荒《すさ》んだ生活の中で唯一の楽しみは読書。ファンタジー小説を読んで現実逃避していた。そのなかの一つが『野ばらのキミに永遠の愛を』。主人公『マリベル』は下町生まれ——野ばらだが、特待生として国の最高の教育機関である魔法学院に入学し、魔法の才能を開花させるだけでなく、聖獣にも認められ、その驕《おご》らずひたむきな態度に学院の有力な生徒たちが次々と仲間になり——最後には王子と結ばれハッピーエンド。王道中の王道の物語。その物語の悪役の名が『セレフィオーネ・グランゼウス』。王子の婚約者でヒロインに匹敵する強力な魔法使い。

「わたしばい……」

前世の記憶ではセレフィオーネは魔法万能なうえ白虎を無理矢理〈使役〉して、その力を以《もっ》てマリベルに立ち塞《ふさ》がる。マリベルはセレフィオーネをやっつけたあと、白虎を解放し、正式な主従関係を結ぶんだよね。私は膝の上でグッタリしている美しい生き物の背をさすった。

多分、このタイミングで私の血を飲ませて意識が混濁してる間に〈使役〉しちゃうっていうシナリオなんだろうな。本筋じゃないから小説ではカットされてたけど。でもそれってあながち間違いじゃないんだよね。魔力をふんだんに含んだ私の血を飲めば、一気に白虎は元気になる。三歳児の考えにしては上等。血を飲ませた時点では〈使役〉しようなんて思ってなかったんじゃないのかなあ。

でも、私はストーリーを知ってしまっている中身アラサーの三歳児。危険は冒せない。私は悪役になんてなりたくない。悪役の末路は塔に幽閉。その後、魔力を絞りとられるだけ絞りとられて朽ち果てた。ヤダ、絶対。

それに——この白虎様との出会いの瞬間、前世の記憶が蘇っただけではなく、何故だか膨大な量の『セレフィオーネ・グランゼウス』の記憶も脳に流れ込んだ。『野ばキミ』に書かれていなかったセレフィオーネの真実、苦悩、愛する者から裏切られる絶望。それは悲痛な叫び声のようで……。

あんな思いを二度もしろと？　無理だ！

でもこうしてる間にもどんどん白虎様の具合は悪化してる。世界に数体しかいらっしゃらない聖獣が私の膝の上で死ぬとか冗談じゃない！　別のバッドルートが開いちゃうよ。もう、どうしよう！

「いたい？」

私はプルプル震える白虎様をそっと抱きしめた。私の声に反応したのか白虎様は辛《つら》そうに眼《め》を開けた。大きな涙粒がポロンポロンと零《こぼ》れ、つい父の真似《まね》をしてそれをチュッと吸い取った。

一瞬自分の周りが輝いた。——嫌な予感がせんでもないけど気にしちゃ終わり終わり……。

まん丸の宝石のような水色の瞳は色こそ違うけど、前世の弟と似てる。年の離れた弟のお守りをいつもしていたのを思い出した。ヨチヨチ歩いてはパタリと転び、エンエン泣く弟に私は……

「いたいのいたいのとんでけー！　とおいおやまにとんでけー」

私は白虎様の怪我している前脚をさすったあと、窓の外に痛みを投げるマネをした。

「もういたくないよーいいこいいこ！」

ほっぺをスリスリして、額にチュッとキスをした。白虎様がおとなしいのをいいことに好き勝手しつつも、どうすればいいものか途方にくれた。

するとと急に腕の中の白虎様の身体に力が入った。

ぐったり感がなくなったので腕を伸ばし、膝に乗せると、白虎様はぱっちり目を開けていた。

『お前、名前は？』

しゃ、喋《しゃべ》った――‼　聖獣って喋れるの？　声めっちゃ可愛《かわい》いんだけど！

「セレフィオーネ、です！」

『せれ？　お前の魔法すごいな！　オレ元気になった！　ありがと！』

パラリと包帯がわりのタオルが解《ほど》け、そこにはさっき手当てした深い傷が――無かった。

へ……まさか……でもあれしかないよね……効いたの……なにこれ、私おまじないチート持ち？

『セレの魔法、とっても気持ちがいい。うん、オレ、セレの傍《そば》にいることに決めた！　いい？』

ダメって言えるの？　無理だよね？　聖獣に刃向かうなんて死罪？　これ使役になるの？　ならんよね？　無理強いしてないよね？　ああん正解わからん！

「えっと……おともだちから？」

『友達！』

「きゃっ！」

白虎様は私に元気に飛びかかり、顔をペロペロ舐《な》めてきた。白虎様の爪《つめ》が当たり、私の手の甲から血が滲《にじ》む。白虎様はゴメンとばかりにそこを舐めた。

突如、光のリングが頭上に現れ、私と白虎様を取り囲み、ギュっと縛ってパチンと消えた。

相互に体液を摂取……ヤバイ。

私のこめかみを、かつて読んでいた〈マンガ〉さながらに冷や汗がたらりと流れた。白虎様は無邪気にそれもペロンと舐めとる。

ピカッ！　ま、また光った！　また輪っかにギュってされた！　ヤバイよヤバイよ～！

私は白虎様を床に下ろし、がっくりと床に手をついた。そんな私を、

『セレ？　どした？』

白虎様が首を傾げふわふわピンクの肉球で私の頭をポンポンとたたき、にっこり笑った。


さーて、とりあえず現状を確認してみよー！　私のキングサイズのベッドでバホンバホンジャンプしまくってる白モフはとりあえず置いといて――まあ、元気になってよかったよかった。最初のピンチ回避！

私はセレフィオーネ・グランゼウス。ここジュドール王国、グランゼウス伯爵家の娘。家族は国の財務大臣を務める伯爵父と伯爵令息である兄。母は私を産んだ後、悲しいことに亡くなってしまった。この世界ではまだ出産は命がけだった。

北の山あいに領地を持つが、要職に就く身であるためほとんど王都の伯爵邸で、親子三人と少ない使用人と過ごしている。どうやら昔、使用人に寝首をかかれそうになったらしく、グランゼウス家は貴族にしては珍しく自分のことは自分でしようルールだ。なので私も屋敷の中であれば自由に動いている。護衛はどこかにいるんだろうけど。

「あのー」

『なんだ？　セレ？』

「おなまえおしえてください」

私は白虎様のことをなにも知らないことになってるわけだし、自己申告してもらわんとね。子犬サイズで雪そのものの白に黒い縞《しま》の毛並み。晴れた冬の空のような澄んだ青い瞳。

『オレはルーダリルフェナ。月の女神から生まれた四天の一獣だ。先代が身罷《みまか》られて、こないだオレが継いだのだ。へへへ』

「るー、だるい？　もふもふ？　へなへな？」

『…………』

「ルーってよんでいい？」

『……しょうがないなあ、セレはちっちゃいから』

お前もな！

でも、本人的には白虎ではないことがわかった。白虎は所詮《しょせん》前世の先入観ってことだ。

「ルーはここにいてだいじょぶですか？　おうちのひと、しんぱいしてない？」

『先代のおやじ様が死んだから、誰《だれ》もいない』

「……ルーは、なにを食べるの？　わたしはなにをすればいい？」

『そばにいて、セレのキレイな魔力を勝手にもらう。いい？』

「もちろん！　ともだちだもの！」

ルーはベッドからジャンプして私の胸に飛び込んできた。まだ赤ちゃんだもの。しょうがない。

「ルー、なんさい？」

『んー百歳過ぎてからは数えるの止《や》めた』

ド先輩じゃん…………。

あまりの衝撃にボーっとしていると、トントントンと軽いノックが響いた。

「セレフィオーネお嬢様、夕食でございます」

執事長のエンリケが声をかけてきた。エンリケのほかの主要な使用人は、私の母がわりのメイド頭マーサ。腕のいいコックや庭師はいるけどほとんどこの二人で屋敷を切り盛りしていると思う。

「すぐまいります」

私は返事をして、膝の上でうたた寝をしていたルーに声をかける。

「ルーどうする？　わたしごはんだけどいっしょにくる？　ここでねとく？」

『セレと行く！』

そう言うとルーは何故か私の頭によじ登った……別に重さを感じないからいいんだけどさ。

親子三人の食事は貴族らしからぬ小さな丸テーブルで、手を伸ばせば届く距離。パパンの小さな努力をしみじみ感じる。

右隣に座る父は黒髪にエメラルドグリーンの瞳のイケメン。体つきもモデルのようだ。激務で日々忙しくしているが母の分まで愛そうとしてくれてるのが中身アラサーだからよくわかる。私の中身年齢とパパ、あまり歳《とし》変わらないのにシングルファーザーが頑張る姿、泣ける。

左に座る兄ラルーザは私《わたし》と少し歳が離れていて今年十歳。髪も瞳も父とソックリな美少年だ。髪は三人お揃《そろ》いの黒の直毛で嬉《うれ》しい。

貴族は六歳の誕生日を迎えると魔力検査が行われ、〈上級〉〈普通〉〈魔力なし〉に分けられる。

わが伯爵家は先祖に精霊がいるとかいないとかの遺伝で膨大な魔力持ち。兄は当然目盛りが振り切れる〈上級〉。〈上級〉〈普通〉の子供は国の魔法学院に入学することが慣例なので、兄は入学に備え毎日朝から晩まで家庭教師と勉強、そして男子の嗜《たしな》みとして武術を学ぶ。同じ屋敷にいるのだが食事どきしか顔を合わせない。

記憶が戻った今、兄は私を憎んでいるのかもしれないと思い当たった。だって、私が生まれたせいでママが死んだから。その当時既にラルーザは七歳、賢い子供だから全《すべ》て理解しているはずだ。愛するママと同じ色の眼《め》を持つ妹、避けられてもしょうがないか………。

でもその方が都合いいかも。だってラルーザは小説ではヒロインと出会い、愛してしまって、私と敵対することになるんだから。出来るだけ悪役回避に動くけど、なんとか補正？　ってやつでやっぱり小説通りの運命に向かう場合、お兄ちゃん大好きっ子になってたら……辛《つら》いしね。兄に殺されるとか情が湧《わ》いてたら耐えられない。

「おとうさま、おにいさま、おまたせいたしました」

私はいつもどおり席に着く。頭にモフが乗っかってるけどあくまでいつもどおり。

私の言葉に対する応答がないので、あれ？　っと思って顔を上げると、パパンもラルーザも口を開いて私の頭上を凝視してた。んん？　聖獣って契約者や主要な登場人物以外には見えない設定だったよね？　小説では？

「せ、セレフィオーネ、その、頭の上に、なんかモフモフが乗っているが？」

見えてますな……。今のところやましいことをしてるわけじゃないし、ここは嘘《うそ》なしでいいよね？

「おとうさま、このこはルーです。おにわでけがをしてました。おともだちになりました」

「セレフィー、だが……その覇気、そのお方、聖獣様ではないのか？」

むむ、聖獣って言葉はこの世界でも通じるのか。私は視線を真上に向けた。

「ルー？　ルーのこと、おとうさまとおにいさまにおはなししてもいいの？」

『特に悪意は感じないからかまわない。でもセレの家族だけ。おやじ様にあまり人前に出るなと釘《くぎ》をさされた。利用されるからって。あ！　フルネームもセレ以外に教えちゃだめなんだった』

やだなあ、その特別扱い感。私は改めてパパンに向き直った。

「ルーは〈してんのいちじゅう〉だそうです。おともだちになって、わたしのそばにいるそうです。でもこのことはグランゼウスだけのないしょにしないとダメだそうです。おきてです」

パパンは大きく眼を見開き、席を立つと私の足元に跪《ひざまず》いた。ウソッ⁉

「ルー？　ルー？　どうしよう？」

『ん？　座っていいよって言って？』

「おとうさま、ルーがふつうにおすわりくださいって！」

パパンはゆっくり顔を上げて、恐る恐る元の椅子《いす》に座った。あれ？

「おとうさまはルーのことばはきこえないのですか？」

「はあ……聞こえないよ。お姿は見えるけど。セレフィーとはきっとテレパシーで意思疎通しているのだ」

「ルー、そうなの？」

ルーは私の肩に移り、視線を合わせるとコクリと頷《うなず》いた。

『オレが見える時点でよっぽど高い魔力持ちだ。まあオレが気を許した相手にはこっちから晒《さら》すこともなくもない。そのうえ話が通じるってのは波長がピッタリあってるか、〈契約〉を結んでる間柄か、だよ。オレの声は脳に直《じか》に届き、聞くもののイメージに沿って変換される』

〈契約〉――聞こえたけど、聞かなかったことにしよう。

「ところで聖獣様は何故《なぜ》我が屋敷で怪我《けが》を？」

『雪が降って嬉しくって走りまわってるうちにここに来たら、見たことのない武器を投げつけられた。ムカつく』

迷子だよ、この子……。パパンとお兄様に通訳する。

「うちのにわでやられたの？」

『わかんない。毒塗られてたみたいで、曖昧《あいまい》だ』

パパンが初めて見せる厳しい顔をしている。確かに見過ごせないよね。その刺客、我が家を狙《ねら》ったのか、ルーを狙ったのか？　聖獣様を傷つける相手、武器って何？

ルーはそんなパパンの心配をよそに、美味《おい》しそうに果物を食べている。結局食べるのね。

「おとうさま、ルーはわたしといっしょに、ここにいてもいいですか？」

「もちろんだ。聖獣様には健やかにお過ごしいただきたい。ルー様がここに住まうということは我が家がそれだけ清廉であると認められたということ。光栄なことだ。もちろん他言無用。エンリケはじめ使用人にも徹底しておく。ラルーザもいいね？」

「もちろんです」

兄がルーに深々とお辞儀する。ルーは真っ白な尻尾《しっぽ》をフリフリして聞き届けた合図をする。けれど顔を家族のほうに戻したら、兄が思いっきり私を睨《にら》んでるし……イケメンの怒り顔、めちゃ怖い。


部屋に戻り、ルーと一緒にお風呂《ふろ》に入った。お風呂もトイレも前世とさほど変わりなく清潔で嬉しい。下水道が引いてあるわけでもなさそうなので、魔法で浄化してるんだろうな。ルーは全くお風呂を嫌がらず、気持ち良さげにシャンプーされて、湯船にも首まで浸《つ》かっていた。

ルーがブルブルと身震いして水滴を飛ばしたあと、ゴシゴシとタオルで拭《ふ》きあげたもののなんせ毛が長くって乾かない。

「ドライヤーがあればなあ」

外は雪だ。早く地肌から乾かさないと風邪をひいてしまう。

「はやくかわけー！」

そう言いながら、白銀の毛並みを両手でわちゃわちゃかき混ぜた。

急に指先が赤く熱を持ち、私のまわりで風が渦巻く。

『うわー気持ちいい。さっぱり乾いた。ありがと、セレ』

「………」

小説でのセレフィオーネは膨大な魔力持ちの万能魔法使いだった。今の私はまだ魔力検査前だからこれまで魔法を使ったことなんてない。でもなんだか適当に使っちゃってる——今。

「ルー、わたし、まほうつかえるとおもう？」

『使ってるじゃん』

「そしつある？」

『あるからオレはセレを選んだんだぞ』

「まりょくがきもちいいからじゃないの？」

『それが素質だよ。で、セレは膨大。オレがいっぱい吸い込んでもまだ残ってる。セレは元気なまだけど、普通はぶっ倒れるぞ？　セレがいてよかったあ』

小説通りなうえ小説より先に開花しちまったか……。こうなったら結局、この才能を伸ばすしかないよね。たとえルート通りだとしても自分を守る力はやっぱり必要だもん。

「ルー、わたしにまほう、おしえてくれる？」

『え？　オレが先生？　いっいいぞ！』

これで六歳未満でも魔力を鍛える手段ゲット！　でもこのままいけば、ストーリーそのままに魔術究めて、魔力検査で上級叩《たた》き出して、魔法学院に行ってヒロインに出会って——破滅への一直線。

「まほうがくいん、いきたくない……」

『ん？　じゃあ行かなきゃいい。魔法はオレが先生するんだし？』

「ありがとう、ルー。でも、そんなわけにも……」

『じゃあ、年ごろになったらオレと旅に出よう？　オレが神託だせば誰《だれ》も文句言えないよね。セレには他《ほか》の修行させますって言えばいいよね？　きっと楽しいぞー！』

ルーってば神託降ろせるのか――さすが百歳オーバースーパーモフモフ！　ルーと旅って魅力的だなあ。二人で冒険者になってギルドとか行ってミッションクリアしてランク上げて……いいなあ！　そんな未来いいなあ……想像するだけでホンワカする。

ただしルーの神託は最終兵器。大事《おおごと》になりすぎる。ひとまず現実的に考えて、他の組織で先に学び出せばいいんじゃ？　魔法学院と同等の学《まな》び舎《や》といえば、たったひとつ。

「ルー、わたし、きしがっこういけるかなあ？」

『んーわかんない』

だよねー。でも、当面、騎士学校目標に頑張るしかないみたい。もし幸運にも騎士学校に入れたら、入学時期の重なる魔法学院のヒロイン、王子、取り巻きの誰ともかぶらない。

「ルーとこっそりまほうがんばって、そんでもってきしがっこうめざすことにする。で、まほうもつかえるきしになって、おおきくなったらルーとだいぼうけんするぞー！　おー‼」

『ｚｚｚ』

寝てるし。

ルーをベッドにそっと降ろして、私も寝る支度をする。改めて部屋を見渡すと小物はほぼほぼピンク。中身アラサー的にはかなり痛い。とっとと別の色にチェンジしよう。部屋は木目を活《い》かしてナチュラルな感じ。服や小物は、ルーの瞳《ひとみ》の水色にしようかな？　今までで一番心に響いた色だもん。って言ってもまだたった三年しか生きてないけどねー。

あれこれ計画していると、トントンとドアがノックされた。エンリケかマーサだろうけどこんな時間になんだろう？

「はーい。どうぞ」

カチャリとドアが開き、入ってきたのは——白いパジャマ姿のラルーザだった。髪も洗いっぱなし、砕けた服装でも美少年！

「って、え⁉」

兄が私の部屋に来るなんて、物心ついてからは初めてだと思う。私は目を丸くした。

「起きていたか……聖獣様は？」

私は黙ってベッドを指差した。

「もうお休みなのか……」

厳しい眼《め》でルーを睨みつける兄。夜に押しかけてきて、何をこんなに怒っているんだろう。美形の怒り顔はマジ恐いから勘弁してよ。今日はもうクタクタなんですけどー！

ピリっとした緊張を感じ取ったのか、ルーが一瞬で覚醒《かくせい》し、一飛びで私の肩に飛び乗った。そして黙って兄を見つめる。両者睨みあい――この空気、息がつまる。

「おにいさま！　ルー！　どうしたのですか！」

私が耐えかねて声をかけると、兄がハッと私に振り向き――もう限界とばかりにクシャリと顔を歪《ゆが》め、ポロポロと涙を流しはじめた。

「おにいさま⁉」

兄は膝《ひざ》をつき頭を下げた。

「聖獣様、ゴメンなさい、ゴメンなさい……ケガさせてしまって……うっうっ……」

ラルーザだったの⁉　ルーの怪我の原因！　ルーも驚いて目をますますまん丸にしてる。

「今日は雪で稽古《けいこ》できなかったので、新しい武具を創作してて……外に向かって試し打ちしてたら、悲鳴が聞こえて……慌てて外に出たら血痕《けっこん》がいたるところに残っていて……」

「『……』」

「我が屋敷に入り込める賊などそうそういない。だとすると、屋敷を自由に動けるものを傷つけてしまったんだと思って……うっうっ……血痕を辿《たど》ったら、セレ、セレフィオーネの部屋に続いてて、私は、私は、愛する妹を殺してしまったかと……うわあぁ！」

ラルーザは両手で顔を覆って号泣した。

私とルーは床に突っ伏しワンワン泣く兄に合わせて、ペタリと床に座り込んだ。

「い、いつ、セレフィオーネの部屋から悲鳴が聞こえるか、ハラハラしてた。私は弱虫だ。恐ろしくてセレフィオーネの部屋を開けられなかった。セレフィオーネが母上のように冷たくなっているのではと思うと、私は私は…………」

そうだよ……どんなにカッコよかろうが、しっかりしてようがラルーザはたった十歳。前世でいえば小学四年生？　怖くて怯《おび》えてパニクってあんな恐ろしいしかめっ面になってたんだ。

「うっうっ……恐る恐る、夕食に出るとセレフィオーネは健やかで、でも聖獣様がご一緒で……セレフィオーネの代わりに聖獣様が大怪我《おおけが》をされたと聞いて……」

私《わたし》の代わりではないぞ？　お兄ちゃん。ルーだけが雪に浮かれて跳ねまわってたのだぞ？

「聖獣様、全《すべ》てお見通しだぞって瞳《ひとみ》で私に伝えてきて……でも私のことを父上に告げることもなくて……勇気を試されているんだと……」

私は薄ーい目でルーを見た。ルーは挙動不審に視線を泳がせてる。

「結局、こんな遅い時間になるまで謝ることもできず、私は私は……」

お兄ちゃんのキレイなエメラルドの瞳が涙と一緒にこぼれ落ちそうだ。いかん！　私、子供をこまで泣かせて何してんの？　私は兄に飛びついて顔を覆う手を退《ど》けさせて、柔らかいパジャマの袖《そで》で優しく兄の真っ赤な目の周りを拭《ふ》いた。

「おにいさま、なかないで？　お目目がおっこちてしまうわ」

「セレフィオーネ……」

「おにいさま、とってもこわいおかおだったから、わたしのこときらいになったのかとおもいました」

「セレフィオーネのことを嫌いになるなんて絶対ない！　可愛《かわい》い私の妹だ！」

ああ、嫌われてなかった……よかった。顔面不器用なだけなんだ。でも絶対嫌いにならないっていうのはどうだろう？　シナリオが進めば——今考えなくてもいっか。

「おにいさま、セレフィオーネもおにいさまがだいすきです」

「セレフィオーネ……」

「ルーもおこってないよね？　ルーもおにいさますきだよね？」

居心地悪そうにソワソワしていたルーは私に睨《ね》め付けられて慌ててコクコク頷《うなず》いてくれた。

兄は下唇を噛《か》みしめると、ガバッと私とルーを抱きしめた！

「私も、私もセレフィオーネとルー様大好きだ！」

私も兄にギュっと抱きついた。ルーはもそもそと私たちの隙間《すきま》から顔を出して兄の頬《ほお》をペロリと舐《な》めた。

「ふふふ、ルー様、くすぐったい」

兄は年相応に泣き笑いした。

「ラルーザ」

その声に二人と一モフは顔を上げた。すぐ頭上に父がいて手を広げ私たち全員を包み込む。

そりゃ気づくよね。これだけ大騒ぎしていたら。父は兄と私の頭を交互に優しく撫《な》でる。

「ち、父上、先程真実を言うことができず……申し訳、ありませんっ！」

兄が再び泣き出して、私とルーはオロオロする。パパンは緩く微笑《ほほえ》んだ。

「ルー様が許してくださったのならもうよい。でもこれに懲りて危険な行動は慎みなさい。行動に移す前によくよく考えること。いいね」

「は、はい！」


その日、私たちは初めて父のベッドで一緒に寝た。私が真ん中、右にパパン左にお兄ちゃん、上にモフモフ。両手に花とはこのこと。我が人生、悔い無し！

だけど……出会ってしまった。無理強いではないけれど、聖獣と契約？　してしまった。『野ばキミ』のストーリーと何ら変わらない。この今世初めて手に入れた幸せは砂上の楼閣。お父様とお兄様と、あっという間に私の心に入り込んだルーに、私は将来疎まれるの？　罵《のの》られ、捨てられるの？　涙が浮かぶのをあくびでごまかす。

「お、おとうさま！　おねがいがあるのです」

「なんだい？　珍しいね、セレフィー？」

「わたしはしょうらいきしがっこうにいきたいです。だからいまからきそをまなびたいのです」

「セレフィオーネ！　どうして？」

驚きのあまり兄の声が上ずる。

「まほうがくいんは、としがはなれているから、おにいさまとかよえません。それよりきしになってグランゼウスのりょうりんのひとつになります」

「しかし、セレフィーは聖獣様に認められた魔力持ちだろう？」

「まほうはルーがおしえてくれるそうです。だからわたしはぶじゅつをまなび、しょうらいルーとたびをするやくそくをしました。ねールー？」

ルーは片方の目をピクリと開けたが再び寝た。

「聖獣様に随行を求められたということなのか……まあ暖かくなったら少しずつ体力をつけること
から始めるといい」

「はい、おとうさま。おにいさま、ごしどうくださいませ」

「もう！　鍛えずともセレフィオーネは私が守るのに……」

ありがと、お兄ちゃん！　気持ちだけ受け取っておくね。よーし、一応話は通した！　騎士、そしてその先の冒険者に向かって頑張るぞー！　当面それしか道はないのだから。

二人に腕を回されて、ふかふかのしっぽで首のまわりの肌をくるまれて、外の吹雪が嘘《うそ》のように暖かい。

「あ……ふ……おやすみなさい…………」

「おやすみセレフィオーネ」

「おやすみ私のセレフィー」

『セレ～おやすみ～！』

ああ、幸せ。お願い！　私をずっと嫌いにならないで…………。

第二章　魔力検査に行きました

セレフィオーネ、六歳になりました～パチパチパチパチ！

背がちこーっと伸びた以外特出したところはなく、相変わらずの地味子——まっまあ健康が一番！

あの日、ルーと出会って全てが変わったような……変わってないような……。

まず変わった点。

①兄が私をデロデロに甘やかすようになった。

あの日を境に兄は百八十度人が変わった。この三年、自分も忙しいのに自ら私に武術の初歩を教えてくれて、おやつの時間は膝《ひざ》に乗せ、寝る前は読み聞かせをし、私のほっぺにおやすみのキスをする。十三歳になり子供から美少年に順当に成長した兄からチューなんかされたら、興奮して寝られないって！　ウソ、寝るけど。グーｚｚｚ。

ルーとのことがあって、完璧《かんぺき》な子息であることを止《や》めたのかな？　いっぱい泣いていい具合に力が抜けたかな？　まあよかったよかった。いよいよ件《くだん》の魔法学院に入学しちゃったけど、まだヒロインや主要メンバーはいないから、特に注意しないでオッケー！　よく遊び、よく学べ！

②パパンもますます私をデロデロに甘やかすようになった。

兄と私の触れ合いを眺め心からの笑みを浮かべ、少ない自由な時間を全て子供に捧《ささ》げるシングルパパ。ようやくお母様の死の衝撃が昇華されたのか、お顔の憂いがなくなった。

家にいるときはほぼほぼ私を膝に乗せ、移動するときは抱っこか手繋《てつな》ぎ。褒めて育てる主義なのか私が幼いためか、魔法や武術の修行の成果に大げさに喜んでくれる。

③ルーがちょっぴりデカくなった。

身体が子犬から柴犬《しばいぬ》サイズになった。

本来私の魔力を吸い取るだけでいいはずなのに、パパンが買ってくる評判のお菓子やコックの自信作の食事を我先に食べる、食い意地張った聖獣。なぜか頭や肩に乗っかってても重みはないけれど。我が家にすっかり馴染《なじ》み、態度もそりゃーでかい。

変わってない点は、

①私は小説どおりのチートな魔法使いだった。

まず、〈痛いの痛いの飛んでけー〉的な用途のはっきりした日本のおまじないは百パーセント効く。先日領地を襲った大寒波は〈あーした天気になーあれ～〉の下駄《げた》占いを、ルー協力のもと、ズルしてバチっと表で止めたら一気に晴れ間が差して乗り切った。うっかり〈指切りげんまん〉とかやっちゃダメな気がする。かるーく破ったら針千本……。

それ以外はというと、私は前世の記憶のおかげで様々な魔法を思いつく。そもそもこの世界の魔法は大まかに分けて水、火、土、風の四系統の分類しかなく、みんなそんなもんだと思ってる。

でも私はドライヤーを想定して火と風を適当に組み合わせる。怪我を治すためにウイルスをやっつける強いワクチンや抗生剤をイメージしたり、前世のネコロボのポケットを参考に空間魔法を作ってみたり。明確なイメージがバチっとハマったらイロイロと新作魔法を作りあげてしまうのだ。

あとは加減や精度の特訓をルーにつけてもらい、役に立つか立たないか、二人で吟味し、完成させる。そして私の個性にあっていると判断したら、その魔法を発展させる方法を考える。

『ほんと、セレって面白いよねー。退屈しないし、オレも強くなるし、魔力美味《おい》しいし。セレと一緒だといいことばっかり。セレ、肩凝りヒドイからじんわりモミモミの魔法して〜！』

「あの超音波と熱を合体させたやつ？」

『そうそう、先生を癒《い》やしてくれたまえ』

「先生、今日食って寝てただけだったじゃん……」

このまま成長すれば、間違いなく、ヒロインのライバルたりうる実力をつけて、国を混乱に陥れる元凶だと難癖つけられて全力で排除されるだろうな……。

②結局私は小説どおり聖獣と契約してしまった。

ただ小説は〈使役〉という言葉を使い、今回ルーやお父様は〈契約〉という言葉を使う。無理矢理かノリノリかの違いなんだろうか？　私とルーの仲が今後悪化したら変わっていくのかな？　あと十年待たないとわからないか。

結局のところ、家族やルーとの関係性や私の決意の変化はあれど、大きく小説のルートを逸脱するような事件も事象も起こってない。依然悪役行きのレールに乗ったままだ。

そして、こんな状況の中、六歳の魔力検査がやってきた。目指せ騎士学校という目標を立てて以来、魔法と武術の鍛錬とともに、家族三人でどうすれば魔力検査を〈魔力なし〉で乗り切れるかを何度も真剣に考えてきた。魔力があると判明した時点で魔法学院に強制連行だ。

「騎士学校に行くという気持ちは変わらないのだね？」

「はい。この三年、少しは体力がついたものの、大した成果も出せていませんが、それでも騎士学校を目指す気持ちは変わりません」

結局、他人を家に入れてルーと私の秘密がバレる危険は冒せないということになって、外部の講師は雇わず、私は主に兄、そして休日のお父様から指導してもらってきた。二人からの課題もうまくこなせなかったのだから、結局講師を雇うなんて時期尚早だったのだ。

「何言ってるの！　セレフィオーネは十分素地が出来上がってるよ。うちの外周二十周休憩なしで走ったあと、ナイフを的確に藁人形《わらにんぎょう》の首にザックリ深めに投げ入れて、そのまま外周十周走れるの、私の年でもそうそういない」

「え？　お兄様、このくらい誰《だれ》でもできるって言ったじゃないですか？」

「セレフィオーネならできるって思ったんだ！」

ニッコリ微笑み私の頭を撫でる兄——やっぱりね、なんかおかしいと思ってたよ。うちのお兄ちゃん、可愛がるだけの人じゃなかったんだわ……。

ていうか、この課題、武術っていうより暗殺だよね？　持たされる武具も兄特製手裏剣もどきだし、特製稽古《けいこ》着もまんま忍び装束——他国の衣装からヒントを得て仕立てたとのこと。身体にフィットして、動きやすく、持ち運びしやすく、身体のラインが出ないから性別もわからない。打ち合わせにあれこれ仕込めて防御魔法を纏《まと》わせられると楽しげにプレゼンされた。

ちびっこクノイチ誕生。お兄ちゃん私《わたし》をどこに向かわせてんの？

「そうか……しかし、セレフィーの魔力は膨大。検査の後は国に報告されて当然魔法学院への入学が決定してしまう。どうしたもんかな……」

「魔力があっても例外的に強い意志で騎士学校を選ぶと言い切ることはできませんか？」

「法で決まっているわけではない。しかし、実質的には不可能だ。国は魔力持ちを魔法学院に入れて管理したいんだよ」

「お兄様も管理されてしまうのですか？」

「まあね。でも安心して。私も父上のようにいずれ管理する側に回ってみせるから」

かっけ――！

「病弱設定はいかがでしょう？　魔力持ちだけど、病弱だから学院に通えない、というのは？　幸い私は社交に顔を出しておりませんし」

「セレフィオーネ、それだと騎士学校にも通えないよ」

「騎士学校の入学試験までには回復する設定です」

「もし魔力持ちの娘が病気だと知ったら、国が治癒魔法師を派遣するだろうね。それだけ魔力持ちというのは国力を左右する戦力なんだ」

三人であれこれ解決策を考えていると、クッキーをうまうま食べていたルーが顔を上げた。

『魔力検査、どういう手順なのだ？』

「七年前は平たい石版に両手を乗せて、魔力があると空《くう》に値が浮かび上がるというものでした」

『その装置に細工すればいいんじゃないのー？』

「ルー様、検査の場はそう広くもない何もない空間で、三人の国の魔法師に取り囲まれました。不正はなかなかに難しいかと……」

「建物自体が魔力無効のものだしね」

そーよね。これまで不正を行おうと思った人はいたはずだよね。何が何でも〈上級〉の裁定をもらって魔法学院行きたいって人。うちと真逆だけど。国の魔法師ってことはかなりのレベルの怖いオッサンに睨《にら》まれながら検査するんだね……なかなか抜け穴が見当たらない。

でも、私は絶対魔法学院になんて行かない！　どんな手段を取っても！

私は足首から手裏剣を取り出した。

「殺《や》る？」

「ん？　手伝うよ？　可愛いセレフィオーネのためなら」

兄も爽《さわ》やかに笑って、魔力を帯びた青光りするナイフをどこかの空間から取り出した。兄には私発案の便利魔法を必要と言われたら教えてる。センスがいいからすぐ使いこなす。

「二人とも、落ち着きなさい」

「お父様、ご安心ください。刃は潰《つぶ》して睡眠薬を仕込むだけですわ」

「睡眠薬？　セレフィオーネ、ネネルの草どこで見つけたの？」

「お兄様、領地の裏の崖《がけ》の裂け目に群生しておりました」

「さすが私のセレフィオーネ、準備に抜かりないね！」

「二人とも……試験官に手を出すのは悪手だから！　変な印象つけるだけだから！」

『石をどうにかすればいいんだよね？　オレに任せてよ』

「ルー？」

「ルー様ならひっそりとあの石版をごまかすことができるのかもしれないね」

「……そうだね。聖獣様なら魔法無効の環境であっても、我々の知らない方法でセレフィーの数値を零《ゼロ》で出す方法をご存じかもしれない。そもそも騎士としてのセレフィーを望んでおられるのはルー様なのだから」

実はそういうわけでもない。

『大丈夫！　オレに任せて！』

顔中にクッキーの粉付けて、胸張られても……ねえ？　私たちは微妙な表情しかできない。

しかしほかに解決策が見当たらず、ルー頼りで当日を迎えることになった。

食い意地張ったモフモフは緊張感なく腹を出して、私のベッドでスピスピ昼過ぎまで寝てる。

一抹の不安がよぎるのは……しょうがないよね……。

◇　◇　◇

私は父とルーと王都中心にある魔法研究所を訪れた。実は王都で伯爵邸を出るのは初めてだ。興味もなかったし、いらん接触も避けたかったから。

研究所の門で馬車を降り、父と手を繋《つな》ぎ、頭にルーを乗せ、別館までの道のりを歩く。

父は見たこともない険しい表情をしていて――これがパパンの表での常備顔なんだと思った。男は家を出たら何人も敵がいるって、前世のことわざかなんかであった。隙《すき》を与えるわけにはいかないもんね。パパンの肩には私たち家族だけでなく、寒い我が領地に住む温かい領民の命運もかかっているんだから。

でもどんなに恐ろしい表情を作ってもイケメンはイケメン。真っ黒サラサラの髪をオールバックにして、襟足でスッキリ切りそろえている。体つきは私と兄の武術の相手をするため、さらに筋肉がしなやかについた。細マッチョってやつ。グリーンの切れ長の目は超クール。父が通りすぎるたびに建物の中の女性からハートマークが飛んでくる。

「お父様、なにやら視線がビシバシ当たって怖いです」

私が話しかけると、とたんにグリーンの瞳《ひとみ》に温かみが宿る。

「うん、でもルー様が見えているわけではないと思うよ。もっと大騒ぎになるだろうからね。多分私がセレフィーを連れてきたからだろう。私のセレフィーは群を抜いて愛らしいからね」

そう言うと父はルーごと私を抱き上げて、ほっぺにチューーした。

「「「キャー！」」」

あちこちで悲鳴が上がる。

パパンの美の認識はかなり身贔屓《みびいき》なので恥ずかしい。私なんて平々凡々だっつーの！　ルーの瞳の色を真似《まね》た今日のドレスはなかなか素敵だけれどね。ふう、結果的にハイエナどもが撤退したから良しとしよう。

小さな独立した平屋の建物が見えてきた。

「お父様、あそこですね？　本日はどのくらいの人数が集まっているのでしょう？」

「本当は同じ月に生まれた六歳児が一堂に会するのだが、私の仕事の都合がつかないと言って一番後に回してもらった。だからセレフィーの検査のときはセレフィーだけだ。ルー様の起こす奇跡がどんなものであれギャラリーは少ないほうがいいからね」

そう言って私とルーにウインクする。ルーはパパンによじ登り、しっぽをブンブン振る。

『オレに任せろ！　夜は特製ケーキ用意だぞ！』

父に伝えると、「了解しました」と優しく微笑《ほほえ》み、私たちを縦抱きしたまま検査部屋に入った。

「ようこそグランゼウス伯爵、そしてご令嬢」

ドアの中にはちょっと偉そうな真っ黒のローブを着たおじさんたちが待ち構えていた。ハラハラしていたけどルーに一瞥《いちべつ》もしない。ルー、案外できる子だったのね！

「はじめまして、グランゼウス伯爵家が娘、セレフィオーネと申します。本日はよろしくお願いいたします」

いくら引きこもりっていっても挨拶《あいさつ》くらいできるよ。前世、営業担当の時もあったからね。

「おお、お可愛《かわい》らしいうえに利発とは！　さすがグランゼウス家の姫君！」

お世辞がウソくさい。そんなに財務大臣が怖いのか？　問題は財務省主導の予算配分なのか？

パパン、フンって鼻を鳴らしたのは何故《なぜ》？

「時間の都合をつけてくれて感謝する。早速だが時間がない。すぐに検査してくれ」

自分のペースに持ち込むパパン、さすがです！

「では伯爵、一旦《いったん》外……」

「ならん。私が愛娘《まなむすめ》を一人ここに残すと思うのか？」

「ですが、決まり……」

「この建物は魔法無効。私に何ができるというのだ。そもそも国定魔法師が三人もいて文官の私一人ごときが問題か？」

その文官ごときの威圧が半端ないって！

「妻亡き今、娘は宝。娘が倒れでもしたら、貴殿たちは責任を取れるのか？　私は壁際のここを一歩も動かないと約束する。ほら！　さっさとしてくれ！」

——パパン、モンペでした。ルール曲げられました。伯爵家って貴族的には中堅どころだし、家の格に屈してではなくパパンその人に屈したのね。お気の毒です。

「ひ、姫君、こちらへ……」

担当さん、声震えてるし、姫呼びになってるし。二度と会わないから許してね。

私はルーを心の中で呼んだ。ルーが頭から肩に移り、私にコクンと頷《うなず》いた。

部屋の真ん中の小さなテーブルに四角い石版がある。私がその真ん前まで進むと、魔法師たちが三角形に立ち、私とテーブルを取り囲んだ。

「では姫君、両手をその石版に押し当ててください」

「はい」

私は恐る恐る手を伸ばした。触れたら魔力、測られちゃうよ！　どーすんの、ルー⁉

そのとき、ルーがピョンと肩からテーブルに飛び降りた。そして石版を右脚でトンっと払った。

「「「「え！」」」」

ガシャーン！

石版は勢いよく飛び、壁にぶち当たり、砕け散った。

ぶ、物理？　物理攻撃なの――――⁉

部屋の中に人間五人、それぞれの思いを抱いて呆然《ぼうぜん》としていたが、一番年長と思われる魔法師Aがいち早く立ち直った。

「ひ、姫君、今、石版に触れられましたか？」

「いいえ、触ろうとしたら、ビューンって飛んで行っちゃって……」

「そ、そうですか……姫君、一歩お下がりください。おい、予備の石版を！　早く！」

あたふたと魔法師Bが新しい石版を持ってきて、テーブルにコトリと載せた。その瞬間ルーが右脚でまた払う！　ダシッ‼　さっきより強め‼

バリーン！

「「「「……………」」」」

今度は距離を取っていたので私に嫌疑をかけようがない。

「石版が飛ぶなど……前代未聞です」

「おい、石版はまだあるのか？」

「まさか！　これほど貴重なもの、もうあるわけがありません！」

貴重なの⁉　それを木っ端微塵《みじん》にしちゃったの⁉　それも二枚〜‼

私がぐらりとよろけると父が駆け寄り抱き上げてくれた。

「この現象……貴殿たちはどう考える？」

パパン、敵に考えさせるなんて冴《さ》えてます！

「……わかりかねます。ただ言えることはこのような事態、お嬢様が初めてでして……」

割れた石版の残骸《ざんがい》を見るだに、どうみても修復不可能。弁償？　困った……。

「お父様……どうしよう……石版……」

涙ぐむ私を見てパパンが一気に恐怖の覇気を垂れ流す。魔法師ＡＢＣの顔が一斉に青ざめた。

「伯爵！　もちろんお嬢様がどうこうというわけではありません！　特に二枚目の石版とお嬢様の間には十分な距離がありました。この部屋は魔力の効かぬ部屋。ですが何らかの力が働いたとしか……………」

「それは何だ？」

お父様が低い声で促す。

「人知を超える存在ではないかと……」

あなたは間違ってない！　魔法師Aさん！

「きっとそうです。私《わたし》は何らかの力で、石版にも魔力にも避けられてしまった……」

ちょこんとテーブルに座るルーを見ながら私が呟《つぶや》くと、パパンがギュッと私を抱き込む。

「構わぬ。セレフィオーネに魔力があろうがなかろうが私が守る。もうこのような危険な場所はゴメンだ。我々は帰る。セレフィオーネの魔力については〈魔力なし〉で登録してくれて構わん」

「ですが！　それでは伯爵家令嬢として体裁が……」

「私が構わぬと言っているのだ。二度とこのような目にはあわせぬ。貴殿方、あとはよしなに……ね？」

「は、はい……」

一連の話が終わったのを見計らって、父に抱かれている私の頭にルーが飛び乗った。父は軽く右手を上げて検査部屋を早足で脱出した。

部屋から出るや否や私は自分たちの周りに風の壁を作り防音を施した。

「ルー……私は見たこともない幻術？　とかを期待してたんだけど」

『人間に術をかけても仕方ないよ。人間は代わりがいっぱいいる。代わりのない石版を壊さないと！』

「そうかもしれないけど……それにしてももっとドラマチックな壊し方、なかったの？　まあ魔法使えないなら方法も限られるけど」

『十分ドラマチックだったはずだよ？　でも魔法使えないってのはなかったね。あの部屋の無効の効果、緩んでたよ。魔法で破壊しても良かったかな？』

「え！　なに、そんなゆるゆるな状態だったの？　なんで魔法師様たち気づいてないの？　初心者だったのかしら？」

私は通訳しながら父に問いかける。

「いや、襟章からすると、一人は第一級魔法師、残りは第二級だった。国のトップレベルの魔法師だったね」

「トップレベル⁉　それなのにルーが見えてなかったの？　ルーなんかやっぱり隠蔽《いんぺい》してた？」

『うんにゃ？』

「だってルーの姿、エンリケにもマーサにも見えてるのよ？　最近はコックのマツキさんも……なのに言うなれば専門家が見えないなんて……」

父が苦笑した。

「うちの皆は使用人としては破格のレベルの実力者揃《ぞろ》いなんだよ。いざというときに我々を守れるようにと自ら鍛錬をかかさない。軍の部隊長レベルは十分にあるだろうね。マツキは食卓に並べた食べ物が空《くう》に浮かび消えていくのを見て、幻覚が見えるようになったかと思って、この二年必死に魔力操作を習得したらしい。ルー様が見えるようになって、ようやくストレスによる円形脱毛症が止まったそうだ」

うちの食い意地張ったモフモフが、知らないところでご迷惑おかけしてます……マッキさん！

帰りに海藻買って帰るからね！

ある程度のプロでも聖獣って見えないんだ。うちの一族どんだけチートなんだ？

『セレの一族は皆セレの穏やかな波長と似てるし……結局はオレが気を許してるからってところだ』

「はあ……お父様、帰りましょうか？」

「そうだね。早く帰ろう」

『セレのおやじ様、オレ頑張った！　ケーキ！　ケーキ！』

父はニコッとルーに了解の合図をして、離れた場所で待機する我が家の馬車を呼びに行った。


私は真っ赤な夕日を見つめながら研究所の車寄せでルーと佇《たたず》んでいた。

「おい！」

急に声をかけられ振り向くと、上質な服を着て腰に帯剣した少年が立っていた。間違いなく上位貴族。兄と同じ年頃《としごろ》だろうか？　スラリとした体つき、小さな顔。癖のある金髪を耳にかけ、鼻筋が通ったかなりの美形。この世界、美形ばっかかで平凡な私マジ生きにくい。瞳《ひとみ》は透き通った灰色で……私の頭上を凝視している。頭上!?

ルーがサッと私の肩に降り、グルルと唸《うな》り警戒する。私は確信がないので身動き取れない。あくまで通りすがりの幼女の体《てい》で挨拶《あいさつ》する。

「こんにちは？」

「君の……肩のそれ、何？」

この子——見えてる。ルーが見える人、うちの屋敷の人間以外で初めてだ。油断した。

ルーもかなり緊張してる。敬愛するおやじ様に契約者以外の人間と関わるなと言われてるんだもの。ルーはそれに従い、余計なちょっかいをかけてくる人間は躊躇《ためら》わず排除するだろう。

ルーは〈四天の一獣〉。人間の都合など気にしない。

騒ぎはマズイ。この場は私が収めなければ。

「あなた様には何に見えますか？」

質問に質問で返し、時間稼ぎする。

「……虎《とら》？」

「違いますわ」

「では、何？　そいつから流れる覇気……ただ事ではないよね？」

「…………」

「答えよ！」

ようやく我が家の馬車が視界に入った。セーフだ！

「この子は……私の大事な大事なお友達ですの。では、失礼致します」

私は御者が扉を開けるのを待たずに馬車に飛び乗った。父が出てきて素性がバレるのを避けたかった。

私のただならぬ様子、ルーの常にない尖《とが》ったオーラにすぐさま馬車は走り出す。

「どうした？　セレフィー？」

「ルーを……見破られました」

◇　◇　◇

魔力検査はそのまま〈魔力なし〉判定で決着した。検査の場にパパンがいてビンビンに威圧したことも、ポルターガイストによって石版がぶっ飛んだことも、お咎《とが》め等の連絡は何もなかった。所詮《しょせん》我が家は公爵家でも侯爵家でない中級貴族。そして私はその中級貴族の地味娘。マークするほどもなかったと思われる。そんな〈魔力なし〉の地味娘に粉をかける貴族もなく、私は貴族社会から放置された。それは当然王族からも同じこと。

小説では、私は初《しょ》っ端《ぱな》から第二王子の婚約者だった。格上の同世代の御令嬢が何人かいるにもかかわらず、伯爵令嬢の私が婚約者に納まっていたのは、魔力検査で振り切り上級判定を出したためだろう。噂《うわさ》では第二王子は革新派の侯爵家御令嬢と初夏に婚約するらしい。

ようやく、ほんのすこしだけ小説から逸脱できた。
①魔法学院入学を回避
②第二王子との婚約回避
私にとってとても大きい成果だ。記憶が戻って三年。ようやくだ。

ただ、気になるのはあの貴族の少年。ルーを見ることができただけでなく、ルーからの圧力も感じ取ることができた、お兄様と匹敵する魔力持ち。彼の容姿や会話の内容をパパンに伝えると、

「グランゼウスの血か、王家の血筋だろうね……」

うちの血族にはお兄様以外対象年齢者がいない。残るは王族だが、ジュドールの王家の歴史は古く、細い枝葉を含めるとなかなかの人数がいる。あれだけの魔力持ちだからかなり血は濃いだろう。でも現王家からは何の問い合わせもなかった。馬車を割り出すくらい簡単だったろうに。

前世の記憶を細かく精査したけど、あの少年は小説には出てこなかった。出てたら一発でわかると思う。当然第二王子ではない。第二王子は私の一つ上でまだ子供だ。

小説の登場人物以外で、王家の血筋の十代半ばの高位貴族。雲をつかむような手がかりだわ……。

とりあえず、ルーとの掟《おきて》を守るため、我が家は出来るだけ高位貴族に接触しないことになった。

そんなことをしてこの世界で生きていけるのか？　と不安になったが、はっきりした指針ができて、父はいっそ清々《すがすが》しいらしい。

「いつでも大臣職返上して領地に戻りたいくらいだよ」

兄も基本身内さえ安泰ならどーでもいいタイプらしく、

「ん？　派閥とかわけわからんね。出世？　自分に力さえあれば肩書きなんて面倒なだけだよ？　まあセレフィオーネとルー様を贅沢《ぜいたく》させるくらいどう転がってもできるから甘えてていいよ」

お、男前‼　どこまでもついて行きやすぜ！　アニキ！

そう思ったものの、魔法学院は全寮制のため、アニキは外泊が認められる月一回程度しか伯爵邸

に戻ってこられなくなった。

戻ってきたらきたで、私の修行の成果を厳しくチェックし、学院で学んだ魔法を私とルーに開示して二人と一モフでほじくりまわし、弱点をあぶり出す。きっと実技授業で同級生をボッコボコにしてるんだろうなあ……アニキ容赦ないから。

夕食が終わると、私を膝《ひざ》に乗せ、お土産の新作の本を優しく読み聞かせ、ルーに新作のお菓子を献上して休暇は終わる。だから学院の様子はさっぱりわからん。友人の名前も一個も出てこない。アニキはボッチだ！　それも自分で気づいてもいないボッチだ……。

ということで、私が騎士学校に入学するまで、常時稽古《けいこ》をつけてくれる人がいなくなった。

騎士学校は基本実力主義。十一歳で入学試験があり、ペーパーテストと実技がある。私もそこそこの腕になったと思ってるけど――――何故《なぜ》か攻撃が偏っている。何故に暗殺！　何故に暗器？　マズイっしょ？　ノーマルな試合も出来ないと！

父は短槍《たんそう》を使うけど、六歳で槍は柄が地面につかえて、上手《うま》く回せない。たまに戻っては闇討《やみう》ちばっかり教えるアニキ。

と、いうわけで……

「セレフィーちゃ――――ん！」

私の閉鎖的な人生に新たな登場人物、おばあさま！　参戦！

フツーにいたんだ、血縁………。

幕間　ラルーザの決意、エルザの宣誓

優しく快活で自慢の母上だった。

忙しい父上をサポートしながらも、乳母を置かず自ら私を育ててくれた。一年のほとんどを過ごす自然豊かな領地では、私の武術や魔法の稽古を手ほどきし、穏やかな晴れた日は自ら弁当を作り、手を繋《つな》いでピクニックに連れていってくれた。

私が七歳のとき母上のお腹《なか》に私の弟か妹が宿った。父上と三人で誕生を待ちわび、ますます幸せになると疑わなかった。

いよいよ母上が産気づき、両手を組んで祈っていると、真っ青な顔をした父上がらしくない足音を立てて走ってきた。

「ラルーザ、母上のもとに急ぎなさい！」

「は、はい！」

母上の寝室に駆けつけると、真っ白な顔の母上がゼイゼイと荒い息を吐いていた。

「お母さま？」

「……ラルーザ。愛しているわ、誰《だれ》よりも……。覚えていてね……可愛い、ラルーザ………」

スーッと細い息を吐き、母上は天に召された。父上が号泣し、呆然《ぼうぜん》としていると、部屋の隅でメイド頭のマーサが小さい赤ちゃんを抱いているのに気がついた。ゆっくりそっと近づいた。

「ラルーザ坊ちゃま。妹さまですよ」

涙ぐむマーサが屈《かが》んで私《わたし》に赤ちゃんをよく見えるようにした。

赤ちゃんは小さくて、儚《はかな》くて、私と一緒の黒髪だった。マーサがあやすとまぶたがうっすら開いた。母上と同じ、黒の中にキラキラと星が輝く瞳《ひとみ》。

「ううぅっ！」

この小さな妹は母上を知らずに生きるのか。この優しく温かい母上を。私は愛された実感があるのにこの妹は母の愛を知ることは二度とないのだ。

「うわーあ、ああああ………」

私は父上にすがって泣き続けた。


母上のいない日々、父上は私を心配し、在宅時は出来るだけそばにいて、母上がしてくれたように一緒に食事をして眠る前に本を読んでくれる。

「父上、今日は私ではなくセレフィオーネに本を読んであげてください」

「ラルーザ、兄になったからといって頑張らなくてもいいんだ。そもそもセレフィオーネはまだ赤ちゃんだからわからないよ」

優しいね、と父上は私の頭を優しく撫《な》でる。違う、そうじゃない。後ろめたいだけだ。私は生まれたその日から一日も欠かさず本の読み聞かせをしてもらっていたのだから。

妹はマーサやエンリケに育てられ、黒い瞳の可憐《かれん》な小さな淑女に成長していった。手がかからず、自己主張せず、そっと自室で過ごしている。顔立ちが自分と似たところだらけの妹を可愛《かわい》いと思いつつも、手を差し伸べて遊んでやることができない。たくさんのものを既に受け取っている自分と比べ、これまでもこれからも手に入らない妹。妹を見ると罪悪感で押し潰《つぶ》されそうだった。

その頃《ころ》父上は下手に頭が切れるゆえにドンドン仕事が増え、なかなか帰宅出来なくなった。そしてとうとう財務大臣を引き受けざるをえなくなり、領地を離れ、王都に無期限で滞在せざるをえなくなった。久しぶりに帰宅した父上は私たちに引越す旨を説明した。すると、

「おとうさま、わたくしは、ここにおいていってくださいませ。おじゃまでしょうから」

父上も私も目を見開いた。二歳の妹がここまで喋《しゃべ》れるようになっていると知らなかった。そしてその内容……邪魔だなんて……。

「なんという事だ……」

父上は慌てて小さな椅子《いす》にちょこんと座るセレフィオーネをギュッと抱き上げた。

「私のセレフィー、邪魔なわけないだろう？　ダメだ、そんなことを言っては！」

妹は母上そっくりの邪気のない瞳でコテンと首を傾《かし》げる。

「ですが……わたくしなにもおやくにたちませんもの。ここでまーさのいうことちゃんときいて、おとなしくしてます。わるいことしません」

妹は――賢すぎて、二歳らしからぬ悲しい決断をしていた。

「セレフィオーネ、ああ！　君が命がけで産んでくれた娘なのに！　違う、違うんだ！　セレフィ

ー？　セレフィーがいないとお父様がダメになってしまうんだ。頼むからお父様と一緒に来ておくれ！　お願いだ‼」

「でも……」

妹は初めて父上に激しく抱き込まれ、その表情は困惑していた。

王都に移ると、父上は時間を見つけては妹と手を繋《つな》ぎ散歩するようになった。私はホッとした。父上は私も一緒にと誘ってくれたが、宿題があるからと遠慮した。妹に父上の愛情を感じてほしかったし、どういう態度をとればいいのかさっぱりわからなくなった。

邪魔だなんて二度と見当違いなことを言いださないように可愛がってあげたいと思うが、幸せを独り占めしてきて、妹を孤独にしていた自分が今更どんな顔で兄貴ヅラして接すればいいというのだ。考えれば考えるほど険しい顔になり、そんな私にセレフィオーネはそっと自室に退いてしまう。

「お母さま……僕はどうすれば……」


しかし事態は急展開した。

私はせめて妹を何者からも守れるようにと魔法も武術も真剣に獲得していったがまだまだ足りない。ついには自作で武具をあれこれ開発していた。

雪のあの日、ナイフをより鋭利に正確に飛ばせるように研究した武器――妹は後々『これ手裏剣じゃん……』と言っていた――に既存の毒とシビール草から抽出したシビレ薬を混ぜて塗り込み、庭の楠《くすのき》の大樹目掛けて試し投げしていた。

そして私のその思慮のない行動で、守るべき妹を傷つけそうになり、私の代わりに妹を守った聖獣様に大怪我《おおけが》を負わせた。聖獣様に無言で諭され、私はようやくこれまでの過ちとともに全《すべ》てを謝った。妹は私を許し――こんな私を大好きだと言ってくれた。

それにしても、たった三歳で聖獣に見出《みいだ》され契約してしまったセレフィオーネ。聖獣様の自浄作用でも治すことができなかった傷を瞬時に癒《い》やした。私の妹は妖精《ようせい》のように愛らしいだけでなく素晴らしい才能を持っていた。さすが私の愛《いと》しの妹！

そしてセレフィオーネは騎士になりたいという。グランゼウス家の安寧のため、そして聖獣ルー様の旅のお供をするために。

一緒にベッドに入ったセレフィオーネは既に夢の中。ルー様は目を閉じていらっしゃるが、実際寝ているかどうかは凡人の私にはわからない。

「父上、なぜ急にセレフィオーネは騎士になりたいと言い出したのでしょう。旅とは？」

「――聖地巡礼だろうか？　ルー様と、何か話し合ったのだろうね。でもまだセレフィーは三歳。先程言ったようにまずは心と身体を整えることが先決だ。それにルー様の存在が内密ということは、契約者であることと、セレフィーの能力も内密ということ。秘密を守れる指導者を探すのはなかなか難しい……。もちろん尊い聖獣様のお考えだ。なんとか探してみるよ。それまではラルーザがセレフィオーネの先生だ。よろしくお願いするよ」

父上が私とセレフィオーネを交互に撫でながらニッコリ笑った。

「はい！」

「二人で愛しいセレフィオーネを育《はぐく》もう。ラルーザ、今日はよく頑張ったね。愛しているよ」

「父上……大好きです。おやすみなさい」


雪が溶けて暖かくなると、私は自分が幼い頃こなしていた基礎体力作りをセレフィオーネに課した。人に教え、導くということは思った以上に難しく、伯爵家を継ぐ者として良い経験になっている。もう妹に怯《おび》えることはない。ただただ甘やかせばいいだけだ。私の妹は既に辛酸を舐《な》め、そもそも賢い。聖獣様もついている。歪《ゆが》むことなどあり得ない。母上がしてくれたことを、妹に返せばいいのだ。

少し焼けたセレフィオーネ、私の宝。聖獣様には及ばないが、私も全力で力をつけよう。

私は生涯セレフィオーネの味方であることを亡き母上に誓った。

◇◇◇

水仙の花が咲く、まだまだ春遠い午後、私エルザ・トランドルの住まいに憎きあの男から手紙が届いた。

私の可愛い一人娘リルフィオーネを奪った挙句、守れなかった男、グランゼウス伯爵。

いっそ握《にぎ》り潰してしまおうか？　とも思ったが、昨夜、夢枕に美しいリルフィーが立ったことを思い出し、ため息をつく。リルフィーが旅立って六年、葬儀の日以来初めての接触。何か……緊急事態であることは間違いないのだろう。

我がトランドル家は貴族の一員とはいえ爵位はない。代々の武家で、功績により一代爵位は度々もらっているがトランドル家にとって爵位はさして重要ではない。トランドル家は己が納得できるまで技を磨き、尊敬できる主君を見つけ、生涯支えることに重きを置く。一度主人と定めたら、主人のために勇猛果敢に戦い、結果死を迎えようとも後悔はない。

私の夫ガインツは先代王を主君と認め、王とともに数々の戦いを潜《くぐ》り抜け、将軍にまで上りつめた。

そんな夫と私は第二次ブルラージュの戦いで、指揮官と副官という立場で出会った。騎士学校を出て順調に勝ち戦を収め、出世頭であった私だが、熱心に真剣に口説いてくれる上官に絆《ほだ》されて、全てを捨てて彼に嫁いだ。

私たちは花のような娘を授かった。私たちの宝、リルフィオーネ。女性そのものの容姿と物腰の柔らかさを持ちつつも、リルフィオーネはトランドルの直系の娘だった。ドレスで軽やかに踊りつつ、夫の剣技、私の短剣と参謀術をスポンジのように吸い込んだ。私たちは大事に大事に慈しんだ。

リルフィオーネが恋をした。やはり戦の最中《さなか》だった。武のトランドルと相対する、魔力のグランゼウスの跡取り。リルフィオーネはグランゼウスに何もかも負けたのだと笑った。そして一生を添い遂げるのなら自分より強く、ゆえに優しいグランゼウスしかいないのだと。

グランゼウスも誓った。リルフィオーネを必ず幸せにする、守り通すと。

夫と私は、婿取りではなく、共に住めないことに落胆しつつも、愛娘《まなむすめ》の決断を尊重した。

ところが娘が出産で命を落とした。既に嫡男ラルーザがいるのに何を欲張った⁉　私たちは娘の命と引き換えに生まれた赤子を見ることもなく、

「お前は約束を破った。トランドルは一生許さない」

葬儀の席で夫は伯爵にそう言い放ち、絶縁した。

既に主君も黄泉《よみ》に立たれている。夫は娘の死から一年足らずで、風邪を拗《こじ》らせ後を追った。

「御母上様、この度は、私の願いを聞き入れて、我が屋敷にお越しいただきありがとうございます」

グランゼウス伯爵が私の前で膝《ひざ》をつき、最上級の挨拶《あいさつ》をする。私は鷹揚《おうよう》に頷《うなず》いた。

グランゼウスと会うことを決断して、私は昔のコネを総動員し、グランゼウス伯爵家の現状を出来るだけ探らせた。

わかったのは、ここ数年、グランゼウス家は社交界から遠ざかり、孤立した状況であること。娘がいないために社交が不得手になったのだろうか？　貴族として悪手ではなかろうか？　ある意味孤立しているトランドルの私が言うのも何だけれども。

そして、もう一つはあの赤子がグランゼウスの血を引きながら〈魔力なし〉であったということ。才能豊かなリルフィオーネの娘というのに——正直言ってガッカリした。

何故《なぜ》私のリルフィオーネは〈魔力なし〉の子などのせいで死なねばならなかったのか……。

「御母上様、こちらにおいでください」

グランゼウスは私を窓辺にいざなった。外界から遮断された王都の伯爵邸の庭は、存外広かった。広い芝生の真ん中に彼女はいた。

「リルフィオーネ……」

私のリルフィオーネは栗色の髪。黒髪の彼女がリルフィオーネのはずはない。だけれども——焦がれ続けた娘にしか見えない。夫と娘と同じトランドルの強さの証《あかし》である輝く黒眼。明るい空色のドレスがよく似合っている。くるぶしより上という丈の長さには眉《まゆ》をひそめたが。

彼女は丸い輪を手首でクルクル回したあと頭上高くにその輪を投げた。投げると同時に彼女と、更に別の一つの影？　速すぎて目視出来ない何かが、その輪を追って飛び上がる。

「え？」

彼女は建物でいうと三階の高さまで跳躍した。しかしもう一方の何かに輪っかを取られる。足蹴《あしげ》りするも一瞬でかわされ、ソレは地面に一気に着地。彼女は途中で諦《あきら》めたのか、風の渦を纏《まと》い、スピードを落とし、片足ずつゆっくり着地した。

なぜ風魔法？　〈魔力なし〉でしょう？

わけがわからず彼女の行動を注視していると、足元に先程のソレがまとわりついていた。彼女はソレを抱き上げ、愛おしそうに何か喋っている。

体中がブルブルと震えだした。背中を汗が伝う。戦場で腹を突かれ、死がすぐそばに迫ったとき以来の恐怖。

かつて——調査の護衛で赴いた西の果ての砂漠の陵墓で見た壁画そのもの。神の化身。

「セレフィオーネはおてんば過ぎて、少々手を焼いております」

グランゼウスの声にハッとして振り返る。真剣な顔で私《わたし》の表情を窺《うかが》う。確かに只事《ただごと》ではなかった。

「何故……大いなる存在、四天の西の御仁がこちらにいらっしゃるの？」

「やはり……聖獣様のお姿、お見えになりますか……」


グランゼウスに椅子《いす》を勧められ、時系列に説明を受けた。

セレフィオーネは幼い頃《ころ》より聡明《そうめい》で美しかったこと。齢《よわい》三つで、聖獣ルー様にその非凡さを見《み》出《いだ》され、契約をしたこと。ルー様自ら魔法を指導し、もはやセレフィオーネの魔法は第一級魔法師の上をいっていること。ルー様の命により、将来巡礼の旅への随行が決まっており、そのために騎士学校に進まねばならないこと。そのため魔力検査では敢《あ》えて〈魔力なし〉に持ち込んだこと。ラルーザが魔法学院に入学し、セレフィオーネの武術の指導者がいないこと。

そもそもルー様の存在、〈契約〉の事実、セレフィオーネの才能、全《すべ》て家族以外に秘密にしなければならないこと。故に指導者を招き入れようがないこと。

「……何故、このような重大な秘匿を私に晒《さら》す」

「セレフィオーネは御母上様の孫です。家族です。私とは絶縁しようとも」

「…………」

「セレフィオーネの現在の武器は短剣。ラルーザに叩《たた》き込まれました。ラルーザがリルフィオーネに叩き込まれたように」

私がリルフィオーネに叩き込んだように、か……。

「親バカですが、なかなかの腕前。ですが、トランドルの短剣さばきは正攻法ではない。騎士学校の入試では不利ではないかと」

聖獣様がセレフィオーネ——私の孫をお選びになった。私の孫は私の短剣技を身につけている。知らず知らず、体中に喜びが満ち溢《あふ》れる。今日会うまでは落胆していたというのに、私はなんと浅はかで愚かで、俗な女なのだろうか。

ノックの音と時置かずして、顔見知りの執事長に手を引かれ、少女が部屋に入ってきた。

——息が止まるかと思った。暖かな春の夜闇《よやみ》に明星が輝いたような瞳《ひとみ》。漆黒の髪は高い位置でポニーテールに結ばれて、バランスの取れた体からは活《い》き活きと生命力が溢れている。

動きやすいようにだろうか？　淑女としてはあるまじきことだが可愛《かわい》い足首が見えており、そのくるぶしに恐れ多くも聖獣様の尻尾《しっぽ》が巻きついている。

聖獣と小さな乙女。聖獣からただならぬ波動が流れ、光の輪となり二人を包み込む。神話そのものの光景。

私は自然と聖獣様の前に歩み寄り、片足をつき、騎士としての従順の姿勢をとった。

「お初にお目にかかります。私はセレフィオーネの母の母。エルザ・トランドルと申します。この度はセレフィオーネが父アイザック・グランゼウスに呼ばれまかりこしました」

聖獣様は私を品定めするようにジッと見つめた。私もこの年まで生きてきた。当然汚いことも、過ちも犯してきた。中でも最大の過ちが——目の前で、目をまん丸にさせて、口を両手で覆い隠している、幼子への対応。穴があったら入りたいとはこのこと。

私は更に頭を深く下げた。口の中がカラカラに乾く。

どれだけ時が経《た》ったのだろうか。頭に何か柔らかなものが触れた。視線をあげると聖獣様がポンポンと私の頭を叩いている。そして軽やかに我が孫の肩に飛び乗った。私は……許されたの？

「お、お父様？」

「セレフィー、おばあさま、おばあさまだよ」

「あの、おばあさま、ルーがお座りくださいって」

そう言うとセレフィオーネは私の手を取り、長椅子に連れていった。

子供の手とはこんなにも小さかったかしら。それにしても——硬い。何度も何度もマメを潰《つぶ》したと思われる、剣を握りこみつけた手のひら。肩に聖獣様を乗せたまま、私の隣に腰掛け、目をキラキラと輝かせて話し出す。

「あの、はじめまして！　私、セレフィオーネですわ、おばあさま！」

「…………」

「私、マーサ以外の、女の人とお話しするの、初めてです！」

「…………」

「お兄様がおっしゃるの。女の子は弱いからお兄様が私を守るって！　だから、私はおばあさまを守ります。だって……おばあさま、とっても優しいいい匂《にお》い。何、ルー？　おばあさま、ルーもこれからよろしくねって」

もう、耐えられない。

私はセレフィオーネを聖獣様ごとガバリと抱き込んだ。セレフィオーネの少し高い体温が私の四肢まで染み渡る。私は……こんなにも孤独だったの？　——この温《ぬく》もり、もう手放せない。

顔をあげると麗しい聖獣様のどこまでも透明な水色の瞳が、私へ決意を促す。私は静かに頷《うなず》いた。

「……はじめまして、セレフィオーネ。あなたの祖母ですよ。セレフィーが私を守るように、私も……全力で聖獣ルー様と、セレフィオーネを守りましょう。ルー様と、契約者セレフィオーネ様に我が忠誠、命、全て捧《ささ》げます」

トランドル最後の一人である私エルザは、この歳《とし》でようやく主君に出会えた。

すっと視線を移すとグランゼウス伯爵が微笑《ほほえ》んでいる。かつて国一番の参謀と呼ばれた私をこの男は調略した。

さすが……リルフィオーネの選んだ男。

「セレフィーちゃん、その短剣の握り方はひとまず忘れなさい。片手剣はこう！　肩の関節と筋肉を意識して！」

「はいぃいいい！」

「分身したルー様の右肩、胴、脚、タイミングを計りながら順に打ち込む！　スピード落とさない！」

「おばあさま、この剣、重い！」

「わざとです！　はい次！　私の脇腹《わきばら》に裏回しを叩き込んだあと、柄《つか》で利き手を打ち込み武具を落とさせるのです。大事なのはイメージ！　身体が覚えるまで反復始め！」

「やー‼」

「甘い‼」

パシーン！

「ゴホっ……」

「せ、セレフィーちゃん！」


「おばあさま、この櫛《くし》、おばあさまの御髪《おぐし》のと色違い？　キラキラがいっぱい付いてるわ！　とっても綺麗《きれい》！」

「ふふふ。ここをこう捻《ひね》ると針が出るの。いざという時バカな男から身を守れるわ。毒を仕込んでもいいの。そうね、マレ蜂《ばち》の毒なら一滴で殺せるわ。お母様も独身の頃は身につけていたのよ。これをこうして、ここの髪をうなじでねじって……はい、出来上がり！　まあカワイイ！」

「うわあ！　おばあさまともお母様ともお揃《そろ》いなの？　嬉《うれ》しい！　おばあさまありがとう！」

「リルフィー……そんなおっかない櫛、つけてたのか……」

いつか、私の主君となった二人が巡礼に赴くとき、供にしていただけるよう、私は再び鍛錬する。

あなた、リルフィオーネ、私は当分あなたたちのそばには行かないわ。

第三章　魔法大会を観戦しました

おばあさまが私の人生に現れてしばらく経つ。

母が亡くなったことにわだかまりがあったみたいだけど、父に当たる話でもないと理解さえしたら、スパっと気持ちを切り替えられていた。

あとは、強さこそ正義！　わけわからん大層な存在のルーにひれ伏している。そして、強さを求めて努力する私と兄に涙を流す。ハンパないシンパシーを感じるらしい。

まあ、これから成長するに従って、女子には女子にしかわからない悩みがアレコレ出てくるので、このタイミングのおばあさま参戦は大歓迎だ！

それにしても、母の実家、トランドル家が武の名門なんて知らなかった。勝つためには何でもありらしく、アニキにその血は濃く濃く遺伝したようだ。例えば暗器とか闇討《やみう》ちとか暗殺とか……。

おばあさまは若かりしとき、軍部のナンバー3だったらしい。しかし、武力と知力で上りつめたのであって、魔力は生活魔法程度。なんでルーが見えるんだろう？

『感知する能力がずば抜けてる。エルザは「カンがいい」くらいにしか思ってないだろうけど、感知能力のおかげで先の先を読んで、正確な判断をしてきたんじゃないの？　大した資質だ。その上常人離れして強い！　そして結局のところセレと波長が似てるしね～』

そんなスーパーマンに日々鍛えられ、アニキの帰省の際には三人でトランドル領に赴き、大掛かりな新作魔法を生態系に気を付けながらぶっ放す。

トランドル領は王都を守る最後の砦《とりで》として王都に隣接しており、日帰りの距離。そしてトランドル領に無断で入り込む命知らずなどいない。脳筋の家臣は皆脳筋。密猟者など瞬殺だ。私たちの秘密特訓にはもってこいなのよ。

そんなある日、おばあさまが面白い情報を手に入れてスキップでグランゼウス伯爵邸を訪れた。

「ラルーザ、今度の学院の全学年魔法トーナメント大会への出場、選ばれたんですって？　一年時での出場はラルーザ一人と聞いたわよ！」

おばあさまの諜《ちょう》報《ほう》活動に死角なし！

「？　おっしゃる通りですが、それが何か？」

「…………」

「おほん、ラルーザ、素晴らしいじゃないか！　おめでとう！　私は学院時代、二年生からしか出場できなかったよ！」

「何かを成し遂げて選ばれたわけではないのです。先週担任から出るように言われただけで」

相変わらずの我が家以外３５９度無関心なアニキ。自慢も名誉もどこ吹く風。

「大会って？」

「魔法学院は満十三歳で入学し、一学年から五学年の十八歳まで在籍しているんだが、年に一度開かれる魔法大会は学年関係なく実力者のみエントリーされて、その年で一番強い生徒を選ぶんだ」

「わあ！　お兄様すごい！　私応援しております！」

小説にそんなイベントあった？　私の世代では隣国ときな臭くなってたから端折《はしょ》られたのかな。

「ありがとう、セレフィオーネ。そう言ってくれるのは嬉しいんだけど、新作魔法も複合魔法も使えない〈学院レベル〉に揃えるってのは結構面倒でね。まあ単独魔法の力押しでもどうとでもなるんだけど、今後のことを考えると悪目立ちするのもね」

まあ一年生で最上級生ぶっ飛ばしたりしたら、残りの学院生活、確かに生きづらいかも。って、ん？　アニキそういうの気にするキャラじゃないよね。

「私は淡々と静かに過ごしたいだけなんだ。学院の書庫の蔵書、全制覇するまでは」

ふんふん、上級生の圧力なんか問題でもないけど、周りでピーチクパーチクされたくないのか。

「ラルーザ、全く、末恐ろしい子！」

おばあさま、にやけてます、にやけてます！

父が苦笑した。

「ラルーザの気持ちもわからんではないけど、実力はいつまでも隠し通せるものでもない。私はしっかり戦って、ここらで実力を見せつけて、その上で周りに文句を言わせないほうが得策だと思うよ？　そうすることでラルーザはルー様とセレフィオーネの表の盾になり得る。私とおばあさまは陰から支えるからね。考えてほしい」

「……わかりました」

皆さん、手のかかる娘とモフモフですみません。

「はあ、でも家族以外と戦うお兄様、見てみたかったです。いっそ変装して見に行こうかな……」

『認識操作する？　セレとオレが記憶に残らないように』

ルーがカワイイ前脚の肉球を私の膝《ひざ》に乗せて立ち、上目づかいで提案してくれる。

「ん、大丈夫。ワガママだわ。みんなが私《わたし》を守ろうと尽くしてくれているのに」

「いや……応援に行こうか？　そろそろセレフィーを隠しすぎるのも不自然だ。存在をはっきりわからせた上で、ガッチリ我々に守られており、手は出せないと知らしめよう。でも、セレフィー、〈魔力なし〉の娘として嘲《あざけ》る視線を浴びるのは確実だよ？　平気かな？」

「まあ！　面白い！　女優のように甘ったれの弱虫を演じてごらんにいれますわ！」

「え？　嘲る視線なんてありえない。変な虫がブンブン煩《わずら》わせることになること必至ですよ。セレフィオーネ、できるだけ地味な格好で来るんだよ」

了解！　こんな地味子が妹だなんてバレないようにします！　アニキに恥かかせることはいたしません！

「面白い。ワクワクしてきたわねえ。ウフフ」

というわけで、一家総出でアニキ応援ツアーに行くことになった。

王都の中心から南に外れたところに魔法学院はあった。

父に支えられて馬車を降り、堂々とした門扉を見て——不覚にも涙が滲《にじ》んだ。懐かしいから？

違うよ！　悔しいからだよ！

あと数年後に始まる隣国との戦いに呑《の》み込まれたあと、小説の私は王子の婚約者として惜しみなく力を奮い働いた。でもぽっと出のヒロインに王子も友人も……お兄様も全《すべ》て傾いた。

『戦いでは解決しない！　話し合うのよ！』

『みんなが傷つけあわないですむ、そういう世界をあなたなら作れるわ！』

口から出る言葉は砂糖のように甘い綺麗事《きれいごと》ばかり。確かにヒロインマリベルの言うことは正しい。当時は小説もすんなり読めた。

でもこの世界が現実となり、中身アラサーで悪役令嬢の立ち位置になった私はもう同調できない。話し合うのは外務大臣と官僚の仕事。小娘が国の行政に口挟むんじゃねえ！

特に戦時では、頭脳と兵隊は完全に切り離していないと作戦は遂行できない。兵隊がイチイチ何故《なぜ》？　どうして？　って疑問を挟んでいては戦局は動かない。外交も幕僚も兵隊もそれぞれの役割を果たさなければならないのだ。

そして、当時の魔法学院の生徒の役割は兵隊、駒《こま》。私は自分に与えられた役割を真摯《しんし》に果たしただけだった。

なのに浴びせられる罵声《ばせい》。

『そんなに簡単に人を殺して、心が痛まないの？』

『あなたは冷え切っている』

『君は王家にふさわしくない』

はあ？　あんたの国王《おやじ》に殲滅《せんめつ》命令されたんだけど？

心？　あんたたちの心ない言葉のせいで、血まみれだったわ！

だから私は、隣国にこの身を売った――

「……せ……セレ……セレフィオーネ？　ぼんやりしてどうした？」

「あ……なんでもありませんわ」

自分でも驚くほどに小説の私に感情移入してしまった。まるでその人生を本当に歩んだかのように。どの転生もこういうものなんだろうか？

現世の私、前世の私、小説の私。頭の中は整理できていたり、混じり合ったり。

ぼーっとしてちゃダメ。呑み込まれちゃダメ。ここはアウェー。油断してはダメだ。

『セレ？』

「ごめん、ルー。大丈夫よ」

私は現世で初めて複雑な思いのある学院に足を踏み入れた。


ザワッ！　と私たちが楕円形《だえんけい》スタジアムの観覧席に入場した途端、空気が変わった。

父とおばあさまの不仲は思いの外有名だったのかしら？　その二人が、仲良く入場。

隙《すき》のない紺のスーツ姿の父が、スッキリとしたラインのラベンダー色のドレスを姿勢良く着こなすおばあさまの手を取りエスコートしている。そしておばあさまは不仲の元凶であるはずの私の手をしっかりと握り、穏やかな微笑《ほほえ》みを浮かべていらっしゃる。おばあさま、上品な笑いもできるのね！

そして空気のような私は全く自己主張のないアイボリーのドレスにウエストを黒のサテンのリボンで巻いてるだけ。髪は緩くサイドに下ろして、おばあさまとお揃《そろ》いのプラチナにエメラルドと瑪《め》瑙《のう》をあしらった髪飾りで留めた。

私の肩（当然髪飾りがないほう……）には本人と私とお父様、三重に幻術をガチガチに施したルーが乗っかり、キョロキョロと物珍しげに周りを見回している。

そうそう、幻術は例の魔力検査で少年にルーを見破られてからすぐに二人で編み出した。前方の光の流れを屈折させて、ルーの後ろの景色がダイレクトに眼《め》のレンズに入るように。グランゼウス邸を出るときはルーは自身をそれで覆っている。

通常のルーは四魔法を使いこなせる魔力持ち、将軍や団長クラス、王族であれば輪郭くらい見えると思われる。一ヶ国に十人といったところか？　しかし幻術を纏《まと》ったルーはグランゼウスクラスの桁外《けたはず》れな魔力持ちとルー自身が許した人間でなければ見えないはず。実証しようがないけれど。

会場のあちらこちらからささやき声が漏れる。

「ヒソヒソ……グランゼウス伯爵、最近は全く顔を出さないのに何故……」

「ヒソヒソ……あれが噂《うわさ》の〈魔力なし〉か。伯爵もお気の毒に」

「ヒソヒソ……あれがトランドルの軍神だと⁉　あんなお美しい人が千人斬《せんにんぎ》り？」

「……おばあさま、千人斬りって？」

「ウフフ、セレフィーちゃん、女は秘密で出来てるのよ？」

それ、前世で有名なアニメの女盗賊が言ってた！　万国共通！

バタバタと会場整理の係がやってきて、出場選手の家族だと告げると会場中央の最前列に連れて行かれた。イケメンと美魔女に挟まれちょこんと腰掛ける。

「目立ちますね、ココ。見世物状態ですわ」

私がそう言うと、おばあさまがニコっと笑い大振りの扇子をザンッと音を立てて開き、おばあさまと私の顔を半分隠した。音が重い！　その扇子……絶対ヤバイヤツ仕込んでるし！

ふと父が右手人差し指を動かした。防音魔法だ。はい、パパンも新作魔法使いこなしますが何か？

「セレフィー、二時の方向に緋色《ひいろ》の幕がかかっている一角があるだろう？　あそこにいるのが王族だ。今日は陛下と王妃殿下はいらっしゃらないようだが、顔を覚えておいて損はない」

「王族もどなたか試合に出場するってことねえ。うちのラルーザに恥かかされる前に消えればいいけれど。絡まれるとホント面倒！」

「ルー？　あの時の子、いる？」

『ん……いない』

子供数人と従者の姿が見える。――いた、『ガードナー第二王子』殿下。金髪碧眼《へきがん》のザ・王子。小説中は婚約者だけど現世は他人。清々する。幼い子供である今のガードナー様に罪はないけれど。

「セレフィーちゃん、どうかして？　殺気が漏れていてよ？」

「……気をつけます」

目を閉じて、目頭を指先で揉《も》んだ。パパンが心配そうにしていることに気づいたけれど。

魔法トーナメント大会は定刻通り開幕した。アニキは利き腕すら使わずつまんなそうな顔でトントンと勝ち上がる。

兄の試合以外は面白くなかった。学院で習った魔法、『ファイヤーウォール！』とか『土石流！』などを大声で唱えて、その一発の威力で勝敗が決まるだけ。単一魔法であっても繰り出すタイミングとか、相手を追い込むための術の配置とか、連発技とか工夫があって然《しか》るべきだと思うんだけれど——そもそも詠唱はまずいよね。敵に手の内をバラすだけ。

「お父様、詠唱はルールなのですか？」

「学院では魔法を詠唱して学ぶ。そんなものだと思っているのだよ。それに詠唱から無詠唱に移行するのは、自分のこれまでの概念を再構築しないといけないからね。まだ彼らには無理かな」

「実戦に出てみないと詠唱なんてバカのやることだと気づかないのよ。命の危険に晒《さら》されて慌てて習得するんでしょうね。ここまで平和ボケしてるなんて……有史以来、戦のない時代など五十年と続いたことはないのにねえ」

おばあさまが口元を扇で隠しながら苦言を呈する。

昨年の入賞者やレベルの高い生徒はシードらしいので、これから期待できるのかな？

私たちはチラチラと試合を気にしながらも、エンリケに給仕されて、持ち込んだお弁当を食べる。

晴れ渡った空の下、ルーティンの地獄の特訓もなく、大好きなお父様と激甘なおばあさまと私の頭に食いカスポロポロ落とす駄モフに囲まれて、クールビューティーアニキの無双っぷりを高みの見物する。マツキの渾身《こんしん》のお弁当は気合いみなぎりキラキラ輝く。

なんて素晴らしい日！　これを幸せと言わずして何をか言わんや！　私は満面の笑みを浮かべて小さなサンドイッチにかじりついた。

「おーいしーい！」

ザワッ！　なぜか場内がどよめいた。あれ、試合のイイトコ見逃しちゃった？

パパンが急に会場中に威圧を放つ。何、侵入者？

「お父様、曲者《くせもの》ですか？」

パパンは困った表情を浮かべ私をヒョイっと膝《ひざ》に乗せた。私を抱きとめるために両手が塞《ふさ》がってしまっているので、パパンの大好きなローストビーフのサンドイッチをアーンで食べさせる。

「キャー！」

「ヒソヒソ……天使が魔王に、アーンだと？」

「ヒソヒソ……ダメだ、萌《も》え死ぬ……」

「ヒソヒソ……いとけない宵闇《よいやみ》の妖精《ようせい》には魔王も敵《かな》わないのか……」

「……チッ、害虫どもめ」

ぱ、パパン！　舌打ち!?

「お父様？」

「セレフィーは心配しなくていいんだよ。さあ、デザートもいただきなさい」

「うわー！　チョコケーキだあ！」

ザワワワワ！

「ん？」

『セレ、早く渡せ！』

「はいはい、ただ今」

「ウフフ、喜ぶセレフィーは破壊的ねえ。あなたもこれで私の夫の気持ちがよくわかったでしょう。娘を持つ男親は気が抜けないのよ～」

え？　私なにか破壊したの？


試合は順調に進行し、既に出場者は四人に絞られ、いよいよ準決勝。兄は当然勝ち残り、父が言うとおり実力を知らしめることにしたんだなーと兄の脳内を想像した。

兄が一年生で準決勝進出という事態に場内場外が大騒ぎで、水面下で高配当の賭《か》けも大盛り上がりとのこと。

その情報を仕入れてきたおばあさまに、私は、「単勝で」と一万ゴールド渡した。

勝ち抜いてきたとはいえ、まだ一年生の兄のオッズはうん十倍のはず！　将来悪役回避できなかった場合、妹の逃亡生活には現金が入り用なんっす！　アニキ、ここは勝っといてくだせえ！

ラッパとともにアニキが現れた。大歓声に包まれる。私が口パクで頑張って！　と伝えると、アニキが了解とばかりにウインクを返した。あ、後ろの女子生徒がバタバタと倒れていく……。

さーて気をとりなおしてこの試合のお相手は？　制服のローブの色は四年生。珍しい銀髪で、スラッと背が高い男子だ。あ、やっとコッチ見た。

「あ………」

見知った顔だった。随分と若いけれど、後に冷酷無比と言われる素地はできているようだ。怜悧《れいり》な、見るものを凍えさせる真っ青な瞳《ひとみ》。口元の笑みが白々しい。

ガレ帝国、『ギレン皇帝』陛下。

ガードナー第二王子に捨てられた私《わたし》を唯一必要としてくれた、隣国の――戦闘中の皇帝。

『お前は優秀だ。俺のもとに堕《お》ちてこい。ジュドールにないお前の居場所を作ってやる』

そこに恋だの愛だの甘いものは何一つなかった。ギレン陛下は残酷なほど正直だった。兵器としてのみ必要とされていることくらい理解していた。それでも小説の私は救われたのだ。

結果余すところなく使い捨てにされ、母国の捕虜となるのだけれど、それでも私は陛下の手を取ったことに後悔はない……。

「ガレの皇子⁉　留学に来ていたのか？」

「はあ、王家も甘いこと。ガレの人間をジュドールの魔法の中枢で自由に歩き回らせてどうするの？　危機意識が薄すぎるわ」

そうか、まだ皇位を継ぐ前、数ある皇子のうちの一人という立場か。ガレは実力主義。これからギレン陛下は並みいる兄弟姉妹を蹴散《けち》らして、皇帝に上りつめるのだ。私よりちょうど十歳年上だった。現在十六歳、戦争を吹っかける下準備に留学してきて情報をかき集めているところだろう。

『ジュドールでの留学はぬるま湯に浸《つ》かったような日々だったな』

ギレン陛下がそう表現していたのを思い出した。小説のセレも前世の私も彼の辛辣《しんらつ》な皮肉が案外好きだった。――何にしても、私は別の道を選んだ。魔法学院には行かない。戦争にも行かない。ギレン陛下とも出会わない。

『セレ、心拍数上がりすぎてる』

ハッと顔を上げると心配そうにルーが青空色の瞳で見つめていた。

同じ青い瞳なのに、なぜにこうも違うのだろう？

「ルー、私と本当に旅に出てくれる？」

ルーが私の眉間《みけん》をペロリと舐《な》めた。

『セレ、何を怯《おび》えている？　オレとセレは一心同体。ずっと一緒だ。セレが旅に出るならオレも出る。セレが倒れたときはオレも倒れる。セレの苦しみも伝わる。重いよ、セレ。力を抜いて？』

私の頬《ほお》に頭と耳を擦り付けてくる。泣きたくなる。

「ゴメン、ルーを疑うようなこと言って。ルーと私は共にある。嬉《うれ》しい」

ルーが頭を傾けたかと思うと私の首を甘噛《あまが》みした。

「え？」

ルーの魔力が私の身体を駆け巡る。極寒の雪山のような厳しくも美しい清涼感。どす黒い不安が霧散する。白銀の女神に抱擁されているような……。

『いつもセレの美味《おい》しい魔力をもらってるからな。たまにはお返しだ』

命の一部である魔力の受け渡しは最上級の親愛の証《あかし》。まして相手は四天の一獣、畏怖《いふ》の対象。

――情けないことに、この時初めてルーにとって私は唯一で特別なのだと理解した。

ルーは……ルーダリルフェナは絶対にヒロインに走ったりしない。

「ありがとう、大好き。ルー」

私は涙を堪《こら》え、ルーをギュッと抱きしめた。

「セレフィオーネ、大丈夫かい？」

お父様も心配そうに私を見ていた。

「いえ……彼は恐ろしく強いと思って、少し憂鬱《ゆううつ》になっていました」

「そうか……セレフィー、先に謝っておくよ」

そう言うとお父様は、人差し指の先で魔力による細い針を作り兄の首筋に投げつけた。こちらを振り返った兄に小さく頷《うなず》く。兄は長めに瞬《まばた》きした。このやりとり、一瞬。誰《だれ》も気づかないはず。

方針変更の合図だ。私もおばあさまも無表情だがお父様の意図を汲《く》み取った。他国の王族相手に勝ってもいいことなど何もない。下手するとガレのブラックリストに載ってしまう。

開始の笛が鳴った。お互いしばらく動かず様子を窺《うかが》ったあと、ニヤリと口の端だけを上げた陛下が雷の網を繰り出し一気に兄を取り囲む。もちろん詠唱なし。わかりやすい動作もなし。

兄は瞬時に網の中で土壁を作りガードする。そして隙間《すきま》から火弾を放つが網目の間にも結界が施されていて弾が弾《はじ》かれる。

攻撃を弾く結界術――今世で初めてみた。ガレの魔法が進んでるのか？　陛下だけの魔法か？

兄が手持ちのナイフに雷を仕込み投げた。物理プラス同系魔法なら結界を抜けられる？　抜けた！　ナイフは陛下のローブの外に出ていない手に向かう。そうだ、陛下は左利きだった。左手で魔法を繰り出している。

ダン！　陛下は瞬時に反応し、蹴《け》りでナイフを叩《たた》き落とし、兄に視線を戻すと雷の網を一気に引き絞り、兄の土壁を破壊した。金の網に捕らわれたお兄様。

「負けました」

ワー‼　今大会最高の試合に場内は沸きかえる！

「まずまずな負け方ではなくて？」

「おばあさま、そのように笑うと怪しいです！」

「オホホホ、皆、ラルーザの健闘を称《たた》えてくれているわ。ありがたいけど見当違いね？」

「おばあさま、ここでダジャレぶっこみますか？」

兄が私の目の前に、文字通り跳んで現れた。

「セレフィオーネ、ゴメンね。勝つと約束したのに」

聞き耳を立てているギャラリーを意識した会話をする。

「お兄様、とってもカッコよかったです。でも負けてしまったから……今度のお休みはまるまる私にくださいませ？」

スッた一万ゴールド分、身体で返してもらうぜ！　アニキ！

「もう、セレフィオーネ、しょうがないなあ」

そう言うとアニキはパパンから私をルーごと受け取り抱き上げて、オデコとオデコを合わせて微笑《ほほえ》んだ。

あ、また後ろの女子生徒さんたち鼻血流してる！　その量、絶対医務室に行ったほうがいい！

アニキと私が役者としての使命を全うしていると——膨大な魔力を帯びた風が吹いた。

父とおばあさまが服の下の武器を手にして立ち上がると同時に、抱き上げられて高くなった私の目線のすぐ前に、ギレン陛下が現れた。

お父様が状況を見極めた後、目を細め、冷静にゆっくりと跪《ひざまず》く。

「……ガレ帝国のギレン皇子殿下とお見受け致します。私はジュドール国グランゼウス領伯爵アイザック。ここにおりますものは私の家族でございます。私どものような小貴族にどのようなご用件かお聞かせ願えますでしょうか？」

「手加減など舐めた試合を仕組んだ一年生の顔を拝みにきたのだが……もっと面白いものを見つけた、というところだ。お前、名は？」

そう、この方は声を張り上げたりしない。落ち着いた、低い、人を従わせる声。

陛下は私から視線を外さない——見つかってしまった。今世では接触したくなかったのに、この方は運をも手繰り寄せるの？　私は静かに兄の腕から降りて膝《ひざ》をついた。

「皇子殿下、はじめまして。グランゼウス伯爵が娘、セレフィオーネ・グランゼウスと申します」

「セレフィオーネ、お前の肩のものの姿を現せ」

うそだ！　見えるわけがない。三重に幻術を重ねがけしているのだから。抑えに抑えた聖獣の気配に勘付いたってこと？　驚きを必死に抑え込む。

私はルーの乗る肩、乗らない肩を交互に見やり、コテンと首を傾《かし》げた。

「私の肩、何かおかしいでしょうか？」

「ふふふ、私相手にとぼけるのか？　いい度胸だ。セレフィオーネ、お前にこの国はもったいない。俺《おれ》のもとに来い！　ジュドールよりもお前にふさわしい居場所を作ってやる」

――息が止まるかと思った。前世にくださった言葉と酷似している。

「陛下……」

「で、殿下！　その者はただの〈魔力なし〉ですわ！」

声のするほうを振り向くと着飾った学院の女子生徒が私を指さしている。私も夢から覚める。

彼女はギレン陛下を狙《ねら》ってるのかな？　悪いことは言わない。止《や》めたほうがいい。あなたの手には余りまくる。

「ふーん、〈魔力なし〉、この歳《とし》でもう魔力操作完璧《かんぺき》ってことか……ますます欲しい」

ギレン陛下は幼い私の手を取り、淑女相手のように立ち上がらせた。

魔力の才能限定であっても私を欲しがってくれた陛下に、胸が詰まる。その手を握っても不幸しか待っていないとわかっていても。私を今世も欲しがってくれたただ一人の人間。

「殿下、娘はまだ六歳。目立った才能もなく静かに拙宅にて過ごしているだけでございます。お戯れはご容赦ください」

「戯れているのはどちらだ？　トランドルまで控えさせて。まあ良い。あぶり出すまで」

物騒なことを言うや否や、陛下は左手を軽く三度切った。その法則はわからない。

唐突に上空から眩《まばゆ》い一筋の光が射《さ》した！　光はギレン陛下の左肩に注ぎ――形作る。

虹色《にじいろ》の羽と黄金の鶏冠を持ち炎のごとき尾羽が陛下の肩から地面にまで届いている。雄々しい紅《あか》き鳥。日本の知識で言うなれば――朱雀《すざく》‼

――この場にいるものでどれだけの人間がこの光景を目撃しているのだろう。

父、兄、祖母、エンリケは真っ青な顔をして膝をつき頭を垂れた。視線に入る範囲でひれ伏すものは他《ほか》にない。

ここ〈魔力あり〉のみが集う魔法学院だよね？　他のギャラリーには眩い光だけが目に入っているのだろうか？　陛下はそれがわかってて特に隠蔽《いんぺい》や幻を施さなかったってことか。

いや違う。この機に乗じて一瞬でこの大人数を振り分けたんだ。朱雀が見えるものと見えざるもの、ジュドール王国において膨大な魔力を持ち将来的に厄介な存在になるものとただの烏合《うごう》の衆。大胆で効率的。ルーだけではない、私たちもあぶり出された。

それにしてもギレン陛下が聖獣持ちだったなんて知らない。聖獣持ちだったからこそ、同じ私を見つけられた？　私が聖獣持ちだから欲しかったの？　勝手な失望が心を走る。

『セレ、アレが来た以上もう誤魔化せない。出るぞ』

私は周囲に強固な幻術を張った。こちとら陛下ほど強気では生きていけない。ここでルーと私を無関係な人々にカミングアウトする気などないのだ。どうやらここにルーが見える人間はいそうにないけれど。でも油断は禁物。

ギャラリーには私たちが霞《かすみ》の向こうにいるように――そして興味も引かない存在であるように操作した。そして、ルーに頷いた。ユラリと蜃気楼《しんきろう》のように白銀のルーの姿が出現する。

『――マガンは身罷《みまか》ったか』

ルーと別の成熟した雄の声が頭に響く。

『オレがしばらく前に跡目を継いだ』

朱雀のほうが先輩のようでルーは淡々と言葉少なに答える。ただ仲が良いわけでもなさそうだ。

「へえ？　お前らは〈契約〉だな。珍しい」

「――陛下は違うのですか？」

「俺はこいつを捕まえ屈服させた。〈使役〉だ。楽だぞ？　俺の意のままだ」

やはり、〈契約〉と〈使役〉の違いはそこなんだ。

私は朱雀を見つめてみた。瞳は澄んで落胆は見えない。

「特に無理を強いられたようにも見えませんが？」

『私はこの者の力を気に入っているからね』

私と聖獣二体、揃《そろ》って陛下を見ると、少し顔を赤らめた。あら、これこそ珍しい。

「フン……西の四天だったか。改めて言うぞ。俺のもとに来い」

陛下との遭遇は災難の予兆でしかないけれど、若く人間っぽい陛下を見ることが出来てちょっとラッキーだった――と思うことにしよう。

「陛下に認められたこと、必要とされたことは心から嬉《うれ》しいです。でも、陛下のお側《そば》に行くことは、

今より幸せになれるとは思えません。私《わたし》は案外今、満ち足りているのです」

小説と違って。本心なので私は自然と微笑《ほほえ》んだ。

「――セレフィオーネ、お前が『陛下』と呼ぶのはわざとか？」

「私にはその未来しか見えません」

陛下の瞳《ひとみ》に一瞬切ないものがよぎった。それを隠すようにしばらく目を閉じて、再び見開いたそこにはいつもの何も悟らせない冷え切ったものと真逆のギラギラとした決意がみなぎっていた。

「十年だ、セレフィオーネ。猶予をやる。お前が十六になったとき、お前を奪う。お前が皇妃だ。覚悟しておけ」

…………は？

あまりに予想外のことを言われて開いた口が塞《ふさ》がらない。

陛下の妃《きさき》？　えっと、小説では誰《だれ》だったっけ？　――ない！　なんの記述もなかった。小説では私、ゴミ扱いの捨てゴマだったよね！　この人何を言い出すの？　そもそも家格も違いすぎる。そんなに私にもれなく付いてくるルーが欲しいんか？

絶賛混乱中の私の前に兄がスッと出た。

「セレフィオーネは我が宝。天使のごときセレフィオーネを欲することは自然の理《ことわり》としても、セレフィオーネの意思なく奪う？　ははは、今すぐ私の手加減なしの術を披露いたしましょうか？」

アニキが空間から毒毒しい手裏剣を取り出す。それと呼応して、父も立ち上がり私を左手で抱き上げ頬《ほお》にキスすると、右手親指と人差し指を恐ろしい速さで展開した。危なげな魔法は起動待ちのようだ。もはや陛下にチートを隠す気はないらしい。

それを見たギレン陛下は心底可笑《おか》しそうに瞳を輝かせた。

「俺《おれ》の嫁取りは、存外賑《にぎ》やかになりそうだ。楽しみだな」

年相応に笑うと……くそっ、可愛いじゃん！

おばあさまが閉じた扇を陛下に向けた。どっかポチッとしたらきっと先っぽからミサイルが出るに違いない！

「そろそろこの場でのやり取りは限界ですわ。ギレン殿下、我が主《あるじ》セレフィオーネは〈契約者〉。殿下とあらゆる面で同等であり、殿下の命令を聞くいわれなどないのです。セレフィオーネを娶《めと》りたければそれ相応の努力をすることをお勧めいたしますわ。主の言葉をお聞きになったでしょう？今のところ殿下の妃になることに何のメリットも感じないと。セレフィオーネにとっては殿下の代わりなどいくらでもいることをお忘れなく。せいぜい嫌われないようになさいまし！　オホホホ！」

「殿下、殿下、次の準備がございます。お戻りください！」

煽《あお》っちゃやだーん！　おばあさまー！

術の外から声がかかる。いくら幻術をかけていても、きちんとした目的対象があれば違和感なくどこにいるかくらいはわかるのだ。

私はパチンと指を鳴らし、術を解く。霞《かすみ》のように術が晴れる中、私はパパンに膝《ひざ》抱っこ。私の席にアニキが腰掛け、隣でおばあさまがお茶を飲む。その前にギレン陛下が静かに佇《たたず》み、柔らかく微笑む。まーウソくさい！

「〈魔力なし〉のあなたの隣はとても心地がいい。また逢《あ》いに参ります」

そう言うと優雅に私の爪《つめ》の先にキスをし、迎えの従者を従えて大股《おおまた》で歩み去った。

あー周囲の悲鳴が鬱陶《うっとう》しい！　アニキ、私の爪に浄化魔法かけんでいいって！

「もう……疲れました。お兄様の試合が終わったのならもう帰りませんか？」

「そうね、ちょっとした話し合いが必要だわね」

「私は今度の帰省のときに加わります」

「ラルーザ、お疲れ様。よくやった」

ワー！　っと歓声が起こる。フィールドを見ると準決勝第二試合の選手たちが登場してきた。

急にルーの爪が肩に食い込む。地味に痛いよ、ルー？

『セレ……あいつだ』

真剣な声にルーの視線をたどる。

――ああ、間違いない。あの時の彼だ。背がたった半年で随分と伸びているけど。

「お兄様、あの方です。あの方は誰？」

全《すべ》てを察した家族が彼を凝視する。父が――フウとため息をつき、諦《あきら》めた口調で言った。

「あの方は我が国の第一王子、シュナイダー殿下だ」

私たちは家族の敗戦に気落ちした体《てい》で早々に魔法学院を後にした。シュナイダー殿下に気づかれる前にとっとと姿を隠したかったというのが本音だ。今日はこれ以上の新しい登場人物はいらん。

既にパニック手前だっつーの。

馬車に揺られながら目をつむり、小説情報を思い出す。

小説では第一王子は名前すら出てこなかった。側妃の子であり病弱なため、次の王座は正妃の子供で文武両道なガードナー殿下、という設定がさらりと説明されてただけだった。完全なるモブ。

帰宅すると、気楽なドレスに着替え、父とおばあさまの待つ談話室にルーと赴く。

「お父様、私、何故《なぜ》かあまりシュナイダー殿下のことを知りませんの。第一王子だというのに……病弱だとどこかで聞いたような気もするのですが」

「病弱は表向きだ。そのため公の場にはなかなか現れない。まあ……綺麗《きれい》な言い方をするなら正妃様とガードナー王子のために一歩引いておられるのさ」

汚い言い方をすれば、出すぎると打たれるってことね。おー怖!

「でも、ルーが見えたことからもわかるように、シュナイダー殿下はかなりの魔力持ち……前回のやりとりからしてもとても聡明《そうめい》でいらっしゃいました。対してガードナー殿下は聖獣が二体も目の前に降臨しているのに気づかれなかった。目立つことを控えている優秀な第一王子が何故魔法大会など晴れがましい舞台に?」

静かなノックの後にエンリケが入室した。

「エルザ様、文が届きました」

「エンリケ、ありがとう。どれどれ……シュナイダー殿下は二年生、昨年はおとなしい生活態度で特に目立つこともなく、当然魔法大会にも出なかったけれど、半年ほど前から目の色を変えて貪欲《どんよく》に魔法に打ち込みだしたそうよ。人の目……王妃の目も気にせずね。まあ、今のところ年の差もあって第二王子と優劣を比較しようもないから王妃サイドも静観しているようよ。きっと大きな力にでも遭遇して、生き方を転換したんじゃないかしら？」

この短時間に探らせてたんだ。おばあさまの草、優秀！　んで、おばあさまも十分怖えー。にしても、あの時やっぱりフラグ立てちゃったかあ。ガックシ。王家として、ガードナーの兄として、いずれ私の前に立ちふさがるのかなあ。

私はルー専用に一口サイズになっているケーキをルーの口にポイっと放り込む。ルーもいつもより神妙な顔をしてもしゃもしゃ食べる。

でも、小説ではモブでしかなかった第一王子がシュナイダー殿下と名を持って前面に出てきた。小説の内容が乱れてきた証拠でもある。私にとっては歓迎すべきことと思ってもいいのでは？

「とりあえず、相手がわかってよかった。相手がわかれば避けようがある。不自然でない程度にルーザに王子の動向を探らせて、私たちはこれまで同様接触を絶つ」

父の言葉に私とおばあさまは黙って頷《うなず》く。

「シュナイダー殿下は私とルーの正体、突き止めていると思いますか？」

「常に最悪の事態を想定しておくに越した事はないわ。楽観はダメよ？　セレフィーちゃん。知られている前提だと、より慎重になれる」

「はい、おばあさま」

「そして――ギレン殿下のふざけたプロポーズ、当然無視でいいね？」

パパン、背中になんか真っ黒なもん背負ってて怖いって！

「お父様、私、とりあえずロリコンには全く興味ありません。でもギレン殿下は聖獣を使役し、私たちの秘密を全てご存じの方。無下にはできないかと」

「ろりこん？」

「うふふ、セレフィーちゃん、強気でいきましょうよ？　私の秘密をバラしたら二度と会いませんわーくらい言わなきゃ。恋は惚《ほ》れた方が負けって決まっていてよ？」

いや、おばあさま……仮に恋があったとして、ギレン陛下が惚れているのは私じゃなくてルーだから。あ、でも結果的に一緒か？　嫌がらせしたらルーに会わせないって言えばいいのか？

「とりあえず、相手は大国の王族。事を構えることにならないよう注意しつつ、幼児相手に何の冗談？　と、とり合わない方向でよろしいのではないかと」

父とおばあさまがウンウンと頷く。

「それにしても、セレフィーちゃん、初《しょ》っ端《ぱな》から大物釣り上げちゃったわねえ。ガレの皇子、最後はセレフィーちゃんにメロメロだったじゃないの？　おばあさま、鼻が高いわ！」

メロメロ？　いやギラギラして一歩引いたけど？

「御母上様、そういう冗談、全く笑えません！」

「あらあら」

「お父様、ご安心ください。私とルーは冒険者になるのです。いつか領地の屋敷からスタートして、必ずお父様のもとに戻ります。旅に出る身で結婚などありえないのです。ね、ルー？」

『おー！　オレもセレがあいつと結婚してアスと一緒に暮らすとか絶対やだよ！』

「せ、セレフィオーネ‼」

ガシッ！

私と父は固く固く抱擁した。

第四章　トランドルギルドの門を叩《たた》きました

御機嫌よう、皆さま。私セレフィオーネ・グランゼウス、十一歳になりましてよ。あいも変わらず平均より低い身長。おばあさまによる走り込みのせいでたいして増えない体重。黒眼黒髪の小柄な引きこもり——このままこの邸《やしき》の片隅で、座敷ワラシとして地味に生きていけるんじゃや？　冒険行かなくてもよくね？

などと思う一方で、前世と合わせるとアラフォー。そろそろ老後とか年金とか気になります。いよいよ本気で現金貯《た》めないとマズイかも。

兄の魔法大会から五年経《た》ち、私たち家族の近況はというと、

①お父様、目尻《めじり》にセクシーな小じわができてイケメンからダンディーに変貌《へんぼう》中。

幅広い年代の女性から求婚アピールされるもお星さまのママン一筋、歯牙《しが》にもかけない。使用する新作魔法ドンドン増加。相変わらずの孤立体制だけど、残念ながら財務大臣は返上できず。家族至上主義。

②おばあさま、なぜか年々若くなる美魔女。

王都のファッション界に革命を起こしている。手の込んだ髪飾りもドンドン考案中。日々の鍛錬で体力も増加し、私と兄だけでなく、子飼いの草もビシバシ鍛え上げ、トランドルの私兵は国の近《この》

衛団《え》なんて一捻《ひとひね》りだと思われる。モフモフ至上主義。

③お兄様、魔法学院を首席卒業。

国の中枢、軍、魔法師団、あらゆる一流どころから勧誘があったが、アニキの選んだ就職先は〈王立図書館〉。自分に幻術をかけてバリバリ〈禁書〉を読んでいる。

魔法学院も蔵書を読むために通ってたようなもんだったからね。九時から十七時までしか勤務しない扱いにくい職員。全部読んだら辞めると公言。残りの時間は全《すべ》て家族のもの。妹至上主義。

④ルーダリルフェナ、ケーキ至上主義。

ルーについては今更な発見があった。昨年末、魔法で防ぐことも間に合わない大雪崩が領地で突発した。その時ルーは一瞬で成獣サイズになり私《わたし》をポイっと背中に乗せて、軽やかに雪崩を蹴《け》り、頂上まで駆け上がったのだ！　いつも乗せてるヤツに乗せられる！

「ルー、ひょっとして体格自在に変えられるの？」

『うん。でも大きいとかさばるし、効率悪いんだ。小さいほーがみんなケーキくれるしねー』

つまり歩くのめんどいのと、モフサイズのほうがお菓子もらえるからか⁉　聖獣がそんなあざとくていいんかい！　でも人目につかない場所であれば、私を乗せて走ってくれるようになった。速い速い！　あ、でも、見返りにケーキを要求されるのでマツキさんに負担がかかってます。

そして、あざとい聖獣がもう一匹。アポなし訪問してくるためルーはイライラしっぱなし！

あのアニキの魔法大会の後、正式な外交ルートでギレン陛下は私に婚約を申し込んできた。大騒動になった。なぜ大国の皇子が十歳も年下の〈魔力なし〉にこだわるのか？

私の本当の実力と、ルーのことをあっさりバラすのかと思ったが、

「私にこれ以上魔力は必要ない。〈魔力なし〉ならジュドールも手放しやすかろう？　両国の友好のための縁結びだ」

と、我が国の外務担当にのたまったらしい。友好なんて聞いて呆《あき》れる。

私の秘密をバラさなかったことで恩を売るつもりだったのかもしれないけど、余計な注目を集めてくれちゃったから、幼児らしくプンプンしてやったもんね！　訪問のお伺い、デートのお誘い、ぜーんぶお断り！　おばあさま風に言うならば、ワガママは女のスパイスよ！　ウフフ！

婚約も父が強気でお断りした。愛娘《まなむすめ》を他国に嫁がせるつもりはありませんって。そのせいで両国から処分されてもグランゼウスは痛くもかゆくもないからね。うちの一家はどこででも生きていけますんで。今の我が家の実力なら領民引き連れての移動も可能ですが何か？

ってわけで一件落着～！　と思ったら、陛下が朱雀《すざく》、略称アスを送りこんできた。相手は聖獣。我が家の数ある守りもスルリと突破して——すっかり居着いて今に至る。

『ルー、また美味《おい》しげなものを食べてるな』

『アス……もう来るなよ。オヤツ減る！　へーカに大人しく使役されてろ！』

『ふふふ、ギレンは自分が行けない分、私に様子を見てきてほしいと快く留守を許すぞ？』

『くそ……』

アスはケーキよりアイスが好きだ。南の四天だからか？　マツキが目を充血させて必死にアイスのレパートリーを増やしている。スマン！

陛下が十七歳で飛び級卒業し、我が国での留学を終えたとき、アスが面会の手紙を携えてきた。関わらない方がいいことはわかっていても最後だからと承諾した。陛下は前世の恩人、どうしても甘くなる。

待ち合わせは深夜零時《ゼロ》、我が家の屋根。

「セレフィオーネの強さはわかっているが、夜中にレディを歩かせるつもりはない。部屋に入るのも伯爵がうるさくて時間が無駄になるだろうしな。ギリギリのラインだろ？」

屋根が？　でも星は綺麗《きれい》だ。お忍びのため闇《やみ》に染まる黒に全身を包んだ陛下と私、モフモフとアスが並んで腰を下ろす。アスもウチではルーとサイズを合わせている。おまいらアザトイ！　あざとカワイすぎるぞ！　はい、私の負けです。

〈契約〉者は他《ほか》の聖獣の声も拾える。それは〈使役〉者も同じようだ。陛下は来て早々ルーにちょっかいを出し、何事かヒソヒソ話している。勧誘活動？　この真面目め！

「嫁に来る気になったか？」

「子供相手に何言ってんですか」

「俺《おれ》はお前を子供と思っていない。俺と対等なたった一人の人間。セレフィオーネが欲しい」

「既に十分な力をお持ちでしょう？」

「ルー目当てじゃない。ルーがいたらアスと二匹、見てて退屈しないとは思うがな。たった六歳で俺が皇帝になると言い切ったお前が欲しい。俺自身すらも信じきれていなかった未来をお前は信じてくれた」

信じた訳じゃないんだけどな。知ってただけだ。

「……弱気なんて珍しい」

「ふん、セレフィオーネにウソはつかない。ウソをついたばかりにウソに沿ったお前の意見を聞くなど無意味。俺はセレの真の声に重きをおいているのだ」

為政者は孤独だ。——こんな小娘の大して役に立たない声だけど、私はあなたには誠実であることを誓うから信用していいよ。でもギレン陛下はこれからもっともっと孤独な道を歩むことになる。誰《だれ》の声も信じることのできない道。

「——あ」

流れ星だ。

「陛下、流れ星のおまじないは知ってますか？」

「知らん」

「流れる間に三回願い事を唱えれば、それが叶《かな》うというものです。陛下は何を願いますか？」

「セレフィオーネが皇妃になること」

「ブブー！　それはダメ。皇妃なんて命狙《ねら》われて気苦労多いだけじゃん」

ギレン陛下が噴き出した。

「ははっ。何かセレの気をひく特典を用意しなくてはな」

「他に何かないですか？　あ、また来た！　陛下、心で祈って！」

天頂から星が流れる。

私は瞬時に陛下の手を握り、陛下の願いが叶いますように、陛下の願いが叶いますように、陛下の願いが叶いますように、と呟《つぶや》いた。きっと叶う。私はチートだもん。陛下は何を願ったの？　修羅の道でなければいいな……。

これで前世の恩返しになるかなあ。完全に自己満足だけど。空から陛下に顔を戻した。月を背にした陛下の表情は暗くてよく読み取れないけれど、雰囲気はかつてないほど穏やかで、くそー性格はさておき、かっこいいなあと思っていたら、大きな身体に軽く抱き込まれ、頭を覆うフードを外され――額にキスされた。

「あ……」

魔力が入ってくる。陛下の魔力は悲しいほどほろ苦くて切なくて――前世のコーヒーに似てた。コーヒーは……大好きで……私は陛下の魔力を受け入れていた。小さな私の身体隅々に行き渡る。

「おやすみ、セレフィオーネ」

ギレン陛下は風とアスを伴って消えた。

あれから数年、陛下は今、ガレでいよいよ皇帝の座を巡る最終決戦、第一皇子との一騎打ちに臨もうとしている。

シュナイダー殿下とも、あれ以降出くわしてない。ただ病弱設定は昔のこと。今では卓越した魔法師である第一王子として認知されている。見目もよく国民からの人気も高い。

隠れて生きるのを完全に止《や》めたようだ。王妃様と革新派の皆様と事を構えても負けない自信がついたということなのだろうか？

んで、とうとう私は騎士学校の入学試験！　うわー緊張するー！　助けて天神様！

◇　◇　◇

騎士学校は王都の西部の海岸沿いに位置し、ジュドール王国の武を担う、若手高級幹部を養成する学校だ。十一歳で受験し、合格すると満十三歳で入学。四年間学び、十七歳で卒業。卒業後はそれぞれの希望や特性によって軍や近衛《このえ》隊、警備隊、治安隊等に配属され、いきなり小隊長だ。

六歳の魔力検査で〈上級〉〈普通〉判定だったものはほぼ百パーセント魔法学院に進学するので、騎士学校はほぼ〈魔力なし〉百パーセント。なぜ「ほぼ」か？　それはイレギュラーな私の存在と、魔力検査後に魔法を覚醒《かくせい》するタイプがたまーにいるからだ。ヒロインもコレね。もし私が魔力持ちだとバレたら、この設定で行こうと思う。私は女優！

〈魔力なし〉であっても少しでも優秀な人材を取りたいってことで、騎士学校は平民ドントコイ。受験も合格後の生活も基本タダ。だから今年の受験も体力自慢の子供たちが国中から集まってます。

「セレフィーちゃん、そんなに硬くならないで？　いつもどおりで大丈夫よ」

卒業生であるおばあさまが付き添いだ。

「だっておばあさま、ペーパーテスト対策全然してくださらなかったんだもん。こーんなにたくさんの人が受けるのよ？　絶対私よりも賢い人が五十人いるわ………」

今年の定員は五十人だ。

「セレフィーちゃん、ちゃんと身についているから大丈夫よ。ふふふ、おばあさまを信じなさい」

「でも……お前みたいなバカが来るな！　場違いだ！　って視線をビシビシ感じます」

さっきから私、すごく指さされたりヒソヒソ噂《うわさ》されてる。くすん。みんな同じ〈魔力なし〉だからそれでバカにされる訳ないし。

「うーん、場違いではあるわね。こんなちっちゃくてカワイイ女の子がどうして？　って思ってるのよ。試験の結果で皆手のひら返すわよ」

『エルザ』

ルーが一声かけてサッと私からおばあさまの肩に飛んだ。さすがに試験会場に付いてはこない。勘のいいおばあさまは聞こえないものの呼びかけられたと認識し、肩を選ばれ感動で目が潤んでる。

「ルー様！　光栄です！　ううう……」

えっ、肩乗りルーが泣くほど嬉《うれ》しいの？　待ってる間、お菓子クズでドレスザラザラになるよ？

なんか一気に緊張が解けた。

「では、行ってきまーす！」

「セレフィオーネ、健闘を祈りますよ」

『セレ！　冒険者への一歩だ！　頑張れ！』

そうだ、私の夢を掴《つか》まなくちゃ！

私はこくんと頷《うなず》き会場に入った。

ペーパーテストは結局おばあさまのおっしゃる通りだった。

数学と物理もどきは大砲の着弾距離の計算や、角度の設定。戦闘の規模による兵站《へいたん》の量を求めるものが多く、前世の中学レベルの公式で解けた。

生物と地理もどきは実地で家族に知らず知らず叩《たた》き込まれていた。人間の急所、救護法。国内の地形、各地方の天候と土質、山のどの辺りに陣を張るのがいいのかとその理由。我が家の演習で繰り返し検討し、既に使用中の知識のみ。

みんな、そして道真公《みちざねこう》！　ありがとうございます！　庭に梅の木植えて奉ります！

私は綺麗に二礼二拍一礼して、マツキさんの『おじょうさまガンバ！』とケチャップで書いてある合格弁当カツ多めを食べた。次は実技！　着替えてバタバタと円形状の闘技場に向かう。

受験生はいくつかのグループに分けられ並ばされた。グルリと周りは観客席で囲まれており、付き添いの保護者は家族が見えやすい場所を選び腰掛けている。

馴染《なじ》みのルーの気配を探ると——いた！　一番上だ。おばあさまとエンリケの陰でなにか食べてる！　おばあさまは三分に一度のタイミングで自身に浄化の魔法をかけているようだ。どれだけ尊敬している存在でも、食べカスヨダレは無理みたいね。

ってぉい！　私を応援するんじゃないんかーい！　ピクニックにしか見えんぞ！　殺気全開で睨《にら》みつけてやったら、慌てて二人とも手を振り上げて合図した。二人とも口にクリームついてるから！

さて、私《わたし》の装いは白シャツに、ルーのブルーのロングパンツ、黒のロングブーツ。髪の毛は引っ張られないようにカッチリ編みこんできた。

もちろん忍び装束ではありません。あれは本気モードの実践用。あれから改良に改良を重ねてこんなところで晒《さら》していい代物ではなくなった。地下足袋も秘密扱い。

武器は片手剣と左太腿《ふともも》のホルダーのナイフ。片手剣のほうがポイント高いってだけで短剣禁止というわけではない。いよいよ片手剣でケリがつかないときはナイフで二刀流する予定。

ルールは簡単。受験者二人が戦って、ギブアップするか試験官が止めたら終了。制限時間は五分。当然寸止め。

「一二五番、三七六番前へ！」

やっとだ……寝そうだった。もう待ちくたびれて緊張感も何もない。

私は大人しく一礼して入場する。相手は平民らしきオレンジ頭の男子。剣は刃こぼれしてるけど眼《め》はギラギラしてる。そっか、未来がかかってるんだ。でも私も同じだから絶対負けない。

「はじめ！」

一気に距離を詰めて私の顔目掛けて剣を振り下ろしてきた。女相手だからこそ、容赦ない。

カンッ！　バスッ！

私は剣を払ったあとミゾオチに横蹴《よこげ》りした。お！　倒れない！　相手は身体をくの字に折りながらもサッと距離を取り、冷静に次の手を考えている。ジリジリと右回りで間合いを詰めてくる。

彼の横に闘技場の壁が来た時、助走をつけて壁に駆け上がり、私の真上に跳んだ！　そして太陽を背にして私に上空から剣を振り上げ襲いかかった。逆光狙《ねら》いだったんだ！　これがストリートの戦いかあ……面白い。私は左手でナイフを抜き彼に向けて抜身を晒した。

「うわっ！」

ナイフに反射した太陽が彼の目を直撃する。彼が戸惑った一瞬を見逃さず、私は一歩後ろに下がって跳躍、彼の背後に跳び、剣の背で首の根をコンっと叩いた。峰打ちじゃなかったら――首が落ちるところを。

少年は呆然《ぼうぜん》と……膝《ひざ》をついた。

「終了、両者待機」


落ちてたら恥ずかしいので、私は一人で合格発表を迎えた。実技試験から二時間ほど経《た》ち、正面玄関に貼り出された。
一二五、一二五、一二五――あったあ‼
「ルー！　おばあさまー！　エンリケー！　あったあー！　合格したあー！」

私は泣きながら門の外で待ってくれていたおばあさまとルーにダッシュし飛びついた！

「おめでとう、セレフィオーネ！　あなたの努力の賜物《たまもの》よ！」

おばあさまは少し涙ぐんでいる。

『セレ、おめでとう！　おめでとう！　おめでとう！』

ルーが私の肩に戻り、ほっぺをペロペロ舐《な》める。

嬉《うれ》しい！　また一歩、小説から遠のき、夢に近づいた！　涙が止まらない。

目を真っ赤にしたエンリケからハンカチを受け取る。

「ルー、おばあさま、エンリケ、ありがとう！　私、これ……」

「大佐――――‼」

突然野太い声が響きわたり、私の声を遮《さえぎ》った。声のするほうに振り向くと、勲章だらけの軍服を着た偉そうな年配のおっさんが、私たち目がけて土ぼこりをあげて駆けてきた。そして私たちの前に着くやいなや、パシーンと踵《かかと》を揃《そろ》え、敬礼した。

「大佐、お久しぶりでございます！」

あ、おばあさま目当てか。おばあさま？　目が！　目が逆三角になってます‼

「テメエ、私とセレフィオーネの感動の瞬間を邪魔しやがって！　昔から空気読めって言ってってだろがあー‼」

おばあさまの鉄扇が綺麗に弧を描いた。パシーン！

おっさん、二十メートルほど吹っ飛んで、玄関にぶつかって……失神してる？
ナ、ナイススイング‼
「申し訳ありませんでした！」

おっさん改めアベンジャー将軍閣下がおばあさまに土下座の勢いで謝っている。殴られた方なのに何故《なぜ》謝る？

合格発表の後、校舎に引き返し応接室の三人がけのソファーにおばあさまと二人で座っている。正面のソファーに座る閣下、右頬《ほお》がドンドン青くなってる。早く冷やしたほうがいいんじゃ？

「中尉、用があるなら早く言いなさい。この子が誰《だれ》の娘かわかってるでしょ？　軍が足止めしてたなんてバレたら、どうなるか知らないわよ？」

私の頭の上のモフモフも早く帰りたくてイライラしてますよ！　コラ、突っつくな！

「はっ！　グランゼウス財務相！　そ、それは大佐がなんとかとりなしてくだされば……」

「無理ねえ、ほら早く本題に入って！」

冷や汗ダラダラの閣下、実はこの国の軍トップ。ジュドール王国に将軍は一人しかいない。魔法師団は団長がトップだし。

アベンジャー閣下の前の前の将軍が、亡くなったトランドルのお爺様《じい》。おばあさまが現役バリバリの頃《ころ》アベンジャー閣下は駆け出しの若手幹部だったらしい。おばあさまに対するこの怯《おび》えっぷり、一体当時どんな指導をしたの……。

「私は本日、騎士学校の顧問として入試を見学しておりまして。とても異質な受験生がいると聞き、様子を――」

「異質ぅ⁉」

「い、いいえ、素晴らしい受験生がいるということで、会いに参りましたら、なんとエルザ大佐がいらして、ああ、さもありなん、と」

「……ええ、セレフィオーネは私の、トランドル純正の孫。はい、じゃあ帰らせてもらうわよ」

「お待ちください！　た、単刀直入にお聞きします。お孫様は、魔力がおありですね」

「――〈魔力なし〉ゆえにここにいるんでしょ」

「大佐の魔力は覚えております。それ以外の膨大な魔力がお孫様から放たれております」

閣下、ルーに気づいたんだ。スゴイ！　幻術なしだったらこの人きっと見えてる。この状況をどう切り抜けるか考えつつも、私はニンマリしてしまった。軍のトップがキチンと能力のある人間で安心した。逆にこの人が気づかなかったら、この国のレベルどうなの？　って本気で心配になる。

「中尉、気のせいよ。この子は〈魔力なし〉だからこそ、私の地獄の特訓に耐えて今ここにいるの」

おばあさま、地獄の特訓っていう自覚あったんだ……。

閣下は私を見て、切ない笑みを浮かべた。私は黙って頷《うなず》いた。私たちは――同志だ！

「お孫様と私、気が合いそうです。それはさておき、お孫様に魔力は確実にあります。敵の魔力を的確に探知することで私は今の地位に上りつめたのです。何故このようなことを！」

「あなたはここの顧問と言ったわね。ということは一端《いっぱし》の教育者。ここで学びたいと切に願う優秀な合格者が目の前にいるのに、合格者一人一人の瑣末《さまつ》な事情を掘り下げて、若い芽を摘むことが教育者のあるべき姿かしら？」

おばあさま、私の魔力有無から、閣下の教育者としての資質に問題点をすり替えた！

「決してそのような訳では！」

「では、お黙りなさい」

閣下は私のほうを向いた。

「セレフィオーネ君、君は後天なのですか？」

「私は……騎士になりたくてなりたくて、幼き頃より父と兄、基礎が出来てからはおばあさまに師事し、必死に鍛えて参りました。この想《おも》いに嘘《うそ》はありません」

明言は避けます。でも否定もしません。在学中どこでボロが出るかわからんし。

「ふう。あなたのような優秀な生徒、もちろん歓迎いたします。今後魔力が発現したら、力になりますので教えてください。私は――いつの日か魔法と剣、つまり武力が共に協力しあい融合し、我が国の守りになる時代が来ると信じたいのです」

「魔法と剣の融合？」

「ああ、この国は子供の頃に魔力持ちは魔法師たちが囲ってしまう。魔力と武術を同等に学び、融合させうる子供を育てることができないんだ。私は騎士学校時代に魔力が後天発現してね。といっても随分と弱い力だったから、魔法学院に連れていかれずに済んだのだが、もし私のような立場の子供が出てきたらと軍務の合間に研究してきた。両方を理解する子を育てられれば、少ない兵力で戦え、兵も民も犠牲が少なくて済む。死ぬまでに一人でいいから私の研究を実践してくれる弟子がいれば、思い残すことはないのだがね」

「……乗った！」

「は？」

「セレフィーちゃん？」

「閣下の夢、私が叶《かな》えます」

私はパチンと指を鳴らし、一瞬で将軍閣下の頬の負傷を一気に冷やした。

おばあさま、見切り発車すみません！　ちょっと面白そうだし、閣下の思いにキュンとしてしまったのです。取り込むなら偉い人に越したことないし、学校サイドに理解者が一人いれば何か困難な事件が発生したときサポートしてくれるはず。ルーのことは気づかれてない。ルーの魔力も私のものと思ってくれてるからいいよね。

「あーんもう、セレフィーちゃんってば、お人好《ひとよ》し！」

「なんと……素晴らしい……」

「ちっ、アベンジャー中尉、いいこと？　セレフィオーネの能力については他言禁止、詮索《せんさく》禁止、そして卒業後、軍に縛りつけることも禁止。その約束が出来ないのであれば……今すぐあなたの記憶を封じるわ。出来ないと思う？　出来るのよ。グランゼウスは。返事は？」

「了解であります！」

「中途で裏切ったり……セレフィオーネの行く手を遮ったら、全力で潰《つぶ》す！」

「了解であります！」

「中尉、久々に我々も旧交を温めて行きましょう……ね？」

監視するぜってことだよね。あれ？　またアベンジャー閣下はダラダラと汗かいてる。風魔法《エアコン》入れましょうか？

とりあえず、おばあさまの下僕、軍のトップ、ゲットだぜ！

◇　◇　◇

無事騎士学校に合格した私を家族皆大喜びして祝ってくれた。

これから入学する十三歳になるまでは決められた課題を自主鍛錬して学校に備えることになっているのだが、アニキとおばあさまの地獄の特訓に耐えてきた私にとっては屁《へ》……コホンコホン、もとい空気のような内容。

ということで、日々の鍛錬と魔法作成に勤《いそ》しむこれまで同様の毎日。そんな中、騎士学校に通ったらお願い！　と父とおばあさまと約束していたことが叶えられることになった。

私は今日、冒険者としての一歩を踏み出す——むふ。

セレフィオーネ・グランゼウス、冒険者ギルドの門を叩きます！

この世界の冒険者ギルドの役割は冒険者の旅のサポート、ランク認定、依頼の仲介、素材の売買、怪我《けが》などで活動できなくなったときのための互助システム——そんなところだろうか。

冒険者ギルドは世界中どこにでもある。ジュドール王国を例にあげると、全《すべ》ての領と国の直轄地に設置され、人口の多い王都には三ヶ所もある。冒険者になるにはいずれかのギルドで実力のほどをテストしてもらい、認定されプレートを発行してもらわなければ、活動できない。

このプレートをどこで発行してもらうか？　つまりどこのギルドを原隊にするかが重要だ。もちろん自分の住む土地のギルドに入るのが一番いい。大抵のギルドは素朴で善良だ。

しかしギルドも星の数ほどあり、ギルド自体の運営計画も目標もレベルも様々だ。ギルドによっては貴族の箔付《はくづ》けのため求められればお金でプレートの発行やレベルアップを引き受けるところもあるのだ。それは暗黙の了解。王都のギルドがいい例で、よくキラキラの貴族がこれ見よがしに首から下げているプレートは大抵王都のギルドのもの。事情を知る者はそれを見て鼻で笑う。

は、恥ずかしい！　一生懸命手に入れたプレートが当人の知らないところで笑われることがあるなんて。お金でプレートを買う人間なんて一部だろうに。知ってよかった裏情報。

そして、その逆で誰《だれ》もが震え上がるプレートを発行しているのが――はいココ！　トランドルギルド！　正面入口に〈質実剛健〉〈筋力第一〉と何代か前のトランドルのご先祖様の書いた看板がデカデカと飾ってある。やめれ脳筋！

「たのもー！」

『たのもー！　って何だそれ？』

重い両開きの木のドアを両手で開けて、大声をあげながら入ってみると、それまで賑《にぎ》やかに飲食スペースで酒を飲んでた二メートル超えのおっさんたちがポカンと口を開けて私《わたし》たち――と言ってもルーは見えてないんだけれど――を凝視してきた。

スゴイ、絵に描《か》いたようなワルの顔ばかり！　スキンヘッド眉《まゆ》無しやら、ワイルドな黒髪の長髪に眼帯やら、頬《ほお》にギザギザの傷の入った三白眼やら、もうウットリ！　萌《も》える！　萌え萌え！

「こんにちはっ！　はじめまして！」

やっぱ挨拶《あいさつ》が肝心だよね！　って何でみんな顔真っ赤にして俯《うつむ》いちゃうの？　飲み過ぎ？　出足悪し。

カウンターの奥からバタバタと慌てて女性が駆けつけてきた。

「お、お嬢ちゃん、なんでこんなムサイところに！　迷子？　お父さんかお母さんは？」

お嬢ちゃんなんて恥ずかしい。アラフォーの私からすればあなたこそお嬢ちゃんだよ。受付嬢と思われるお嬢ちゃんは二十代前半？　金髪をバレッタで留め、茶色の眼《め》はまん丸でとてもカワイイ。

「受付の方ですか？　私、冒険者のプレートを求めてまいりました。親はついてきておりませんが」

十歳になった時、グランゼウス領とトランドル領に限って私一人でも出歩いていいという許可が出た。まあ必ずルーも一緒だから安心だよね。

「冒険者？　お嬢ちゃんが？　……えっと、大志を抱くのはとてもいいことね！　うん。でももうちょっと大きくなってから来ましょうか？」

また小さいって暗に言われた！　ムガー！

「あの、私これでも十一歳です。ギルドの最低加入年齢十歳はクリアしております」

「いえ、そーいうことじゃなくてねえ、このギルド、とーっても大きくて強い人と戦わないとプレートもらえないの。だからお嬢ちゃんには無理かなあ？」

私はにっこり笑った。

「ギルドマスター出して？」

責任者出せこらあ〜！

「子供の相手は私で十分よ。さあ、あっちでジュース御馳走《ごちそう》するから、大人になってからおいで！」

ラチがあかん。私は天井近くに掛かっている長剣をジャンプして取った。そして手首でクルクルと回して彼女の手にした木のコップ目がけ、軽くスナップを利かせて投げた。

ギュン！　グサッ！

コップはスパッと真っ二つになり半分は床に音を立てて落ち、もう半分を持った受付嬢はヘナヘナとしゃがみこむ。長剣は正面の壁にズッポリ突き刺さった。

「ジ、ジーク――‼」

スキンヘッドが大声で叫んだ。すると奥から優しそうな白髪の小柄なおじいさんが出てきた。

「どうした？　変な空気になってるな？」

「そこの嬢ちゃんが、ザガートの剣投げやがった！」

ザガートの剣？

『んーなんとなく魔剣じゃね？』

イヤッ！　魔剣って何⁉

おじいさんが私のほうを見た。

「！　……黒眼の妖精《ようせい》……もうそれほどの時間《とき》が経《た》ったか……」

おじいさんはゆっくりと天井を仰ぎ………パチパチと瞬《まばた》きした。誰かの息を呑《の》む音が聞こえる。

おじいさんは私に視線を戻し、ニコリと笑った。

「ようこそトランドルギルドへ。冒険者を目指すものよ、己の力を見せるがよい」

「お嬢さん、このギルドではまず名乗らず、ギルドの指定した者と戦って実力を示してもらう。いいね？」

おじいさん改めジークギルド長が人差し指を立てて、シーっと口に当てた。ギルド長は私の正体に気が付いたようだ。

そうだね。名前が先だと先入観も入るし、手心を加えられたと疑われる可能性がある。よくよく考えると私は領主の孫なのだ。コネでプレート取ったと思われるなんて私のプライドが許さない。

私は黙って頷《うなず》いて、ギルド長たちについて建物の奥のドアに続いた。そこは小学校の体育館のような板張りの広い空間だった。どうやらここで私の力が試されるようだ。

私の目の前に、酒場にいた赤髪の頬に傷のある男がやってくる。私を上から見下ろし、じっくり品定めする。

「我がギルドのB級プレート保有者であるコダックが君の相手だ。全力を尽くしなさい。立会いはギルド長である私、C級であるマット、A級であるギルバートだ」

冒険者のランクは、下はEから始まりD↓C↓B↓A↓Sまで。トランドルのランクは他のギルドに比べて認定が厳しい。コダックさんは他所《よそ》のギルドであればA級ランカーだ。侮れない。スキンヘッドはマットさん。隻眼はギルバートさんというのか。A級ってことはS級、スゴイ！　あれ？　とても切なそうに私を見てる。弱いと思って憐《あわ》れんでる？

「時間は無制限だよ。準備はいいかな？」

コダックさんは両手剣を構えた。重そうだ。

私はマントを脱いで傍《そば》に置き、右手にナイフを握る。

「ルー、行くよ！」

『セレ、最初の一歩だ。行け！』

「はじめ！」

コダックさんはいきなりジャンプして両手剣を振り下ろす。私はナイフで受け止め脇《わき》に力を流す。重いわ、やっぱり。左足を回して空いている左脇の急所を踵《かかと》で打ち付けようとするが一歩後退して躱《かわ》される。うーん身長差が恨めしい。でも身長差を活《い》かすか？　ナイフを素早くホルダーに戻す。

私は頭上高くジャンプして両手首に隠している手裏剣を五枚ずつ、計十枚コダックさんの頭部目掛けて投げつけ、コダックさんがそれを剣でバシバシ弾《はじ》く間に上から後ろを取る。剣を弾き終わったコダックさんが振り向きざまに袈裟《けさぎ》斬りをかけたとき、私はコダックさんの脚の間を潜《くぐ》り抜け、前から喉元《のどもと》と心臓に既に片手ずつ握りしめた短剣を突きつけた。

「やめ！」

ギルド長の声が響く。

「お前も〈手裏剣〉使いかよ……」

コダックさんがドカッとお尻《しり》から座り込み、ウンザリした顔で私を眺めた。手裏剣に反応するってことはおばあさまかアニキと接点があるのね。

ギルド長がマットさんとギルバートさんに問いかける。

「今の試合、挑戦者の勝利でよいな」

「異議なし！」

「今の試合、不正は行われておらんな？」

「不正なし！」

「不正なし！」

「よろしい。私は挑戦者に条件付きC級のランクがふさわしいとみなす」

「私はB級のコダックに勝ったのですからB級がふさわしいかと」

「私は条件付きC級とみなす」

「よって、この度の挑戦者を条件付きC級ランクと認定する。おめでとう。姫さま」

「やったーあ！　C級ゲットー！」

『セレ、おめでと！　おめでと！』

私がぴょんぴょん飛び跳ねているとムサイおっさんたちに胴上げされた！　わっしょい！

私たちは受付の奥のギルド長の部屋に移った。私とギルド長が対面に座り、他の面々は壁に寄りかかったり酒場から椅子《いす》を持ち込んだりしている。受付嬢のララさんがお茶を出してくれたが、手元がブルブル震え、お茶がビチャビチャと零《こぼ》れまくる。

「ララさん、先程は荒っぽいことしてすみません」

私はテーブルの申請書がこれ以上濡《ぬ》れないようにどかしながら、謝った。

「い、いえ、私の大失態です。歴代の受付担当者からキチンと申し送りされてるのに……〈黒眼の妖精〉が現れたらどんなにお可愛《かわい》らしい容姿でも黙って審査を受けさせろと。気づかなかった私が受付失格なんです。グスっ……」

『黒眼の妖精だってさ！　セレ』

仮にも聖獣なんだから悪い顔してニヒヒ笑いすんなって！　フラグっぽい二つ名、悪い予感しかしない。

「さて、では新しき冒険者よ、自己紹介願えますかな？」

「はい。セレフィオーネ・グランゼウスと申します。お見知りおきくださいませ」

「くわー！　やっぱりグランゼウスかよ！　お前、ラルーザとどういう関係だ？」

「ラルーザは兄です」

「やっぱり……手裏剣マジ相性悪い。ああ、顔も似てるわ。なんで気づかなかったんだ、オレ」

コダックさんがボヤく。

「セレフィオーネは……やはりリルフィオーネの娘なのか？」

「はい、ギルバートさん。私の母です。私には記憶はないのですが」

「どうりで似ている……顔も剣筋も……」

そうか……ギルバートさんは私を通してお母様を見ているんだ。おばあさまもたまに同じような切ない瞳《ひとみ》で私を見つめることがある。やめて、私はお母様じゃない！　私を見て‼

なーんて言うわけない。中身アラフォーとなった今、人様の人生を思いやれるくらいの度量は身につけました。減るもんじゃないしドンドン見てちょうだい！　――そしてできればお父様のように昇華してほしい。お母様の人生は確かに短くはあったけど……十分幸せだったはずだから。

と・こ・ろ・で、

「あのー黒眼の妖精って何のことでしょう？」

私は一番マトモなジークさんに尋ねた。

「姫さま、そうですな、ここトランドルギルドにはだいたい二十年に一度の割合で黒目の妖精のような可愛らしい子供が現れます。その子たちは容姿に反して桁違《けたちが》いに強く、今後ともその傾向は続くので、しのごの言わず速やかに審査するように――とギルドに代々伝わっているという話です」

ねえ、ジークじい、そういやさっきから姫って何だ？　ちょっとそこに引っかかりつつ、

「つまり……前回は、お母様だったたってこと？」

ギルバートさんに尋ねると静かに頷いた。

「このギルドに来る黒眼――それはトランドル直系。トランドルの若か姫が生まれて数年すると力試しに訪れる。そういうことだ」

「つ、つまり、このお嬢ちゃんは？」

マットくんがブルブル震える手で私《わたし》を指差す。

ジークじいが朗らかに笑った。

「領主、エルザ・トランドル様の孫、トランドルの漆黒の瞳《ひとみ》を継承する正統なトランドルの唯一の後継者。エルザ様自ら鍛え上げられた武の姫、我々の未来の領主、セレフィオーネ姫だ。ガインツ前領主そしてリルフィオーネ姫が身罷《みまか》られ十余年……姫さま、お待ち申しておりました」

ジークさんは晴れやかな笑顔のまま、ポロリと涙を流した。

次期、トランドル、領主……聞いてないけど――!!

私はあまりの衝撃にオデコをゴンとテーブルに打ち付けて、しばらく動けなかった。

『セレ、知らなかったのか？　ドンマイ！』

軽い！　慰めが軽すぎるぞルー！

「おい、次期領主様が領民の俺《おれ》たちに深々と頭を下げてるぞ！」

「初見の挨拶《あいさつ》じゃな……なんと慎み深い……」

「そうか……リルフィオーネ、お前の娘は立派に育ったのだな……」

ちがーう！

「あ、あの、皆さま、その話はひとまずなかったことに……ね？　私、今日は憧《あこが》れの冒険者になりに来ただけですので」

「うわー！　そりゃそうだ。後継問題は軽々しくしゃべるもんじゃないな」

「うむ、エルザ様がきっと口止めしていらっしゃるのだろう」

「セレフィオーネ姫が後継とわかったら、この領を狙《ねら》ってる貴族に狙われるってことか？　トランドルにケンカ売るなんざいい度胸してんなあ」

「リルフィーの娘を消すだと？」

キャー！　S級ランカーの殺気がダダ漏れー！

「あの、お願いします。とりあえず新人冒険者として色々教えていただきたくて」

「ギルド長ー！　冒険者として扱ってほしいだって！　なんて慎《つつ》ましいの？」

「俺たち先輩に色々教えてほしいって！　ホントに偉い奴《やつ》は腰が低いんだな」

マットくん、君に先輩って言った覚えないんだけども？　あーとりあえず流れを変えるべし！

「質問です！　私の〈条件付きC級〉ってどういう意味ですか？」

「それはB級の実力があるけれども、本当の依頼をまだ受けたことがないから、とりあえずC級でスタートして、決められた依頼をこなせば、審査なしでB級になれるランクのことだ」

ギルバートさん説明あざっす。なるほど、実戦で使い物になるかどうか確かめるのね。

「具体的にはどのような依頼ですか？」

「えーとこれだ。この十項目の中から五つクリアでワンランクアップだ」

手裏剣嫌いコダックさんがファイルから一枚の紙を取り出し見せてくれた。

どれどれ……ん？　あら？

「あの、この採取系の依頼、既に持っているものを提出してもいいですか？　改めて採りに行ったほうがいいのでしょうか」

「ん、何か持ってるのかな？　出してごらん」

私はマントの中に手を突っ込み、いかにもカバンから出しましたの体《てい》で私の作り出した品質保持魔法のかかった〈マジックルーム・ナマモノ〉からアレコレ取り出し、机に並べた。

ネネル草二十束、ブラックゲンキ草十束、オーロックスのツノ二本、イチジョウベッコウガメの甲羅一枚、生きたマレ蜂《ばち》の巣一つ。

「「「…………」」」

「ララ……状態を確認してくれるかな？　えー姫さま、これらは一人で採取されたのですか？」

「うーん、たまにはお兄様と一緒のときもありますが、最近はお忙しいので一人が多いですね」

「姫、ネネル草はどこで採った！」

「姫はやめて！　場所は言うわけないでしょう？」

マツタケ採れる場所を教えるおばさんなんていないでしょ？

「オーロックスはどうした？　えっと——お嬢より十倍はデカイだろ？」

オーロックスは、たまたま出会ってルーに『ツノが生え変わったらちょうだい』って頼んでもらったんだよね。ツノは硬くて魔法を纏《まと》いやすくて飛び道具の素材にバッチリなのだ。手持ちのカステラを一緒に食べたら、ツノの生え変わりシーズンに仲間の分まで持ってきてくれて、カステラ百本上納することになって——マツキとマーサと二晩徹夜したっけ……。

私が遠い目をしていると、

「とんでもない死闘だったんだな……」

マットくんが眼《め》を輝かせて私に向かって手を合わせてきた。

「マレ蜂は？」

「おばあさまが欲しがるので見つけたら取っとくようにしてます」

「やはり！　今回の依頼もエルザ様のものだ。マレ蜂の蜜《みつ》は美容にいいと評判じゃからな」

違いまーす！　おばあさま……どんだけかんざしに毒仕込むつもりなの……。

「ギルド長、どれも鮮度バッグン、最高級品です。買取価格は総額一・五四八・二七七ゴールドです。スゴイです！　姫さま。凄腕《すごうで》だわ！　ここの男たち、繊細な採取系の依頼全然請け負ってくれないんです。ほんっとに助かります！　はあ、妖精《ようせい》で救世主で強い！　うちの新領主サイコー！」

ララさん……性格変わった？　新領主って言うな！　にしても、

「あの……ちょっと買取価格が高すぎるのではないですか？　百万超えって……」

「お嬢、その値段のほとんどは甲羅だ。貴族の連中でそれを玄関に飾るのが今ステータスになってるんだ。持ってない貴族がこぞって欲しがってる。お嬢のところも飾ったらどうだ？　てか、そんなデカイのどうやって持ってきた？」

最後の質問はスルーするとして、甲羅は実はルーが私に出会う前、ひっくり返してお風呂《ふろ》に使ってたやつなんだよね……今はうちのお風呂に入るからいらないらしくとりあえずマジックルームに入れてただけなんだけど……私はルーにこっそり確認する。

『えー！　イチジョウベッコウガメは爬虫《はちゅうるい》類が好きな臭《にお》い出してるからねー、飾るとヘビやらトカゲやら寄ってくるぞ』

「即、売ります！　是非買い取ってください！　そして貴族にふっかけてやってください！」

「きゃー！　姫さま太っ腹ー！　ありがとうございます！　Ｓ１素材を流通できて、うちのギルドの格がまた上がります！」

「これほど貴重なものを即決とは……」

「ギルドのために、領地のために……既に領主の自覚が……リルフィー……」

「これはもう……皆、よかろうて？」

ジークじいが皆に確認する。

「「「異議なし！」」」

「姫さま、条件は満たした。姫さまは今よりＢ級冒険者じゃ。では早速プレートを刻もうのう」

いきなりのＢ級プレートゲット。

……なんで？　なんで素直に喜べないの？

◇◇◇

なんのかんのありましたがゲットしたＢ級プレート、とってもカッコいい。

Ｓ級はプラチナ、Ａ級はゴールド、Ｂ級はシルバーで出来ており、ジークじい直筆のカッコいい書体で名前が彫られている。苗字はジークじいのアドバイスで頭文字のＧしか入れなかった。グランゼウス——貴族であることが冒険者としてマイナスになることもあり、そもそも冒険者とは己の名前一つで生きて行くのだから、と。

そして、表にも裏面にもトランドルギルドのTとGの意匠が透かし彫りされている。チェーンはお父様がプラチナのものを用意してくださった。何故《なぜ》プラチナ？　と思ったら、

「チェーンだけプラチナでは恥ずかしいね？　セレフィオーネ？」

つまり、はよS級になれという発奮材料だった。

そしてプレートは前世の軍で言うならば〈識別票〉。二枚セット。死んだ仲間を連れて帰れないときに、一枚を口の中に入れてガチッと閉じさせて、もう一枚を家族に持ち帰る。そして……いつか亡骸《なきがら》を捜しに来た時に髑髏《どくろ》の中のプレートを目印にするのだ。

首からかけると――自然と身が引き締まった。

ちなみにパパンは領地グランゼウスギルドのS級、おばあさまとアニキはトランドルのS級プレートを持っていた。アニキ、いつの間に？　コダックさん、きっと対戦相手《えもの》だったんだ……。

ということで、騎士学校入学までの間、私は冒険者として、依頼を受けて受けて受けまくる！

「ララさーん！　なんかいい依頼ありますかー？」

「んー、本当はね、自分のランクに来ている依頼が一番割がいいの。でもB級の依頼は今、商隊の護衛ばっかり。セレフィオーネちゃんは泊まりの仕事なんて無理だから……セレフィオーネちゃん、下位のランクの仕事に抵抗ある？」

「へ？　ないです」

我現金必要也《なり》。ぶっちゃけお金になるなら何でもします！

「……仕事を選《え》り好みしない姿勢……報告案件ね、メモメモ」

「ララさーん、おっきい声で言って？　聞こえないです」

子供のお守りからデビルイノシシの捕獲までバッチコイ！　忙しいパパンに代わってルーに飛び乗り、北の我らの領地の治安にもこの冒険者セレフィオーネが乗り出すわよ～！　まっかせなさい！

目指せプラチナプレート！　え？　次期領主？　それは一旦《いったん》保留ってことで！

幕間　ジークギルド長の独り言

ワシはトランドル領のきこりの息子として生まれ、トランドルに住む者の倣いで強くなることを求め、色々な経験をして、十代で一端の冒険者となった。

そんなワシはギルドで出会った黒眼の男ガインツと意気投合。時間があえばチームを組み、共に依頼を受け、いつのまにか〈トランドルの風神雷神〉と呼ばれるようになった。

親友が実は領主であり、軍に帰属することをのちに知ったが、ワシはあまり気にしなかった。トランドルでは力が全《すべ》て。強いからこそガインツを認め、強いガインツが領主であることを誇らしく思う、それだけだ。

やがてガインツは短剣使いの恐ろしい女と結婚した。ワシだったら百万ゴールド積まれても無理だろう。あの女の隣で眠れる親友を尊敬した。

年を重ねるうちにガインツは将軍として領を離れることが多くなり、代わりにギルドを束ねてほしいと頼まれた。ワシは冒険者を廃業し、後進の指導に力を注いだ。

『こんにちはー！』

そんなある日、ギルドに可愛《かわい》らしく明るい声が響いた。カウンターから振り向くと、知り合った頃《ころ》の親友を幼くして、もっともっと愛らしくした、栗色の髪で黒眼の女の子が大振りの太刀を背中に背負ってニコニコしていた。

『お待ちしていましたよ。黒眼の妖精《ようせい》ちゃん』

先代のギルド長が片膝《かたひざ》をついた。

しかし充実した日々は前触れもなく終わった。トランドル全ての民が敬愛する姫が嫁ぎ先で死んだ。ガインツの嘆きは凄《すさ》まじく、一気に痩《や》せ衰え、あれほど強かった男があっけなく死んだ。

ワシはガインツとの約束通り、栄えあるトランドルギルドを守り続けた。ある年の瀬、一年間の収支報告書と冒険者の最新のランク名簿を持ち領主と面談した。

久しぶりにあったエルザは――目が生き生きと輝きハツラツとしていた。こんなエルザを見るのは――ガインツと姫が剣を交えるのをお茶を飲みながら応援した、姫の結婚前の懐かしい日々以来。

『エルザ様、何か楽しいことでもありましたかな？』

『ふふふ、ジークには隠せないわね。――私《わたし》、この歳《とし》で、ようやく本願成就したの』

『本願成就……でございますか？』

『ええ、ようやくトランドルとしての使命を全うできる』

エルザの瞳《ひとみ》がギラリと煌《きら》めく。ワシの心がざわつく。

『それは一体？』

『ジーク、時期尚早よ。時が満ちれば――向こうから走ってやってくるわ。だからジーク、早死には損よ。うちの夫はバカだった。これまで以上にギルドを強くなさい、ジーク。命令よ。我々は強くあらねば守れない』

あれから五年、エルザの命に従ってワシはギルドを経営、力両面から隙《すき》のない組織に叩《たた》き直した。

エルザはエルザで領の私兵を地獄の特訓で無敵の集団に仕立て上げていた。

そして——ワシの人生で二度目の〈黒眼の妖精〉がやってきた。

Ｂ級のシルバープレートを握りしめて、ピョンピョン飛び跳ねるセレフィオーネ姫を見送った後、ワシは緊急のギルド幹部会議を招集した。

「我らの姫は非常に奥ゆかしく恥ずかしがりやであった。姫の望むように親しみを込め愛称で呼ばせてもらおう。しかし、セレフィオーネ姫はトランドルの希望、唯一無二の姫、皆、勘違いするな！」

二十余名の幹部連中が黙って頷《うなず》く。古参連中のすすり泣きが聞こえる。

「姫の武力、魔力共に歴代最強であることは間違いない」

「なんと！　素晴らしい！」

「ガインツ様……」

「だが、そんな姫を脅かす者がいるようだ。今日までエルザ様が姫を秘匿してきたことがその証《あかし》！」

「我々の姫を害するだと⁉　許せぬ……」

「ジーク様、討伐の許可を！」

「まあ待て、エルザ様はとりあえず静観し、各自、力を蓄え備えておくことをお望みだ。今後我がギルドはセレフィオーネ姫を死守することが最重要の使命であることを確認する。姫の情報を外部に漏らしてはならん！　そして姫の危機には何をおいても駆けつけて、身を挺《てい》して戦う。この方針に異議のあるものは今すぐトランドルを去るがよい。快く好みのギルドに紹介状を書こう」

「「「「異議なし！」」」」

「お前、ホンットにバカだな」

トランドル領を一望できる小高い丘の上、ワシは親友の墓に向かってニヤリと笑った。

「あと、ひと暴れできそうじゃぞ？　はっはっは！」

ワシの人生が俄然《がぜん》面白くなった。

第五章　騎士学校に入学しました

ようやく、ようやくこの日が来た――――あ！

私、満十三歳になりまして、とうとう本日、騎士学校入学式当日です。

「次は新入生代表挨拶《あいさつ》、セレフィオーネ・グランゼウス」

「ハイ！」

私、代表でした。入試、ぶっちぎり一位でした。落ち着いた足取りでステージに向かう。騎士学校の制服は濃紺の詰襟。女子もスカートではなくパンツスタイル。動きやすさ重視の簡素なものだが規律を重んじており着崩すことは許されない。私はこの制服制度にホッとした。これからは寮で一人暮らし（もちろんルーはいるんだけどね）。毎日自分でドレス選ぶとかめんどくさいし、オシャレに着崩すテクもない。四角四面バッチコイだ！　軍隊式バンザイ！

女子は髪の毛も邪魔にならないようにとする校則もある。私はギルドに赴き、最近スキンヘッドから乱れのないモヒカンに生まれ変わったマットくんに、ザックリショートヘアーにして！　と腕を見込んでお願いしたら、泣いて止められた。オレを殺す気か⁉　と。何故《なぜ》に？

誰《だれ》にハサミを向けてもみんな頭をブンブン振り怯《おび》えるばかりで引き受けてくれない。魔王が……とか、血の手裏剣が降る……とか意味不明なことを呟《つぶや》いて全力で逃げていく。

しょうがなくララさんに武術の授業でも乱れない流行《はや》りの編み込みを何種類か教えてもらい練習した。自力で編み込みマジ手が攣《つ》る。切ったほうが絶対ラクなのに。

壇上に立つと後方でパパンとその膝《ひざ》の上のルーが小さく手を振っているのが見えてニコッと笑った。来賓席に眼《め》を移すと号泣するアベンジャー将軍閣下――の横におばあさまがオスマシ顔で座ってるのを発見。もう職員一同に私のバックに誰がついてるか知らしめちゃったってことね……。

緊張？　するわけない。アラフォーよアラフォー！　ここでスピーチしくじったって会社クビになるわけでも、死ぬわけでもない。うちのギルドの最恐顔集団に比べたら、どんな偉そうなおっさんたちも可愛《かわい》く見えちゃうくらい。

「…………たゆまぬ努力を続けることを誓います。新入生代表、一年一組　セレフィオーネ・グランゼウス」

はい、いっちょあがり！

式が終わると保護者は帰る。今日から寮生活なわけだけど、魔法学院ほど休暇は厳しくない。騎士学校は平民が半数いて、それぞれ商売や農業など家業を手伝わなければいけないのだ。だから私も毎週末自宅に戻り、自領やギルドにも顔を出して、腕を磨くつもり。だからあっさりバイバーイと父とおばあさまと別れた。ルーは学内探検に行ってしまった。お腹《なか》すいたら寮の私室に戻ってくるでしょ。

パラパラと新入生は教室に向かう。一年生は五十名、それを二クラスに分けて二十五名ずつ。私は一組。小説では知り合わなかった人々だらけの部屋に足を踏み入れる。ドキドキだ。

開いていた後ろのドアから教室に入ると、ザワっと空気が変わった。今日入学したばかりというのにもうなんとなくグループが出来てる！　合格発表のときにみんなツバつけといたの？　ヤバイ、出遅れた……とりあえず入り口近くにいた集団に声をかけてみた。

「あのー席は決まってるのでしょうか？」

「…………」

無視された。うーん、どうしたもんか？

「お、おまえ、小さいんだから一番前に行けよ、黒板見えないだろ？　ははははっ！」

別の男子グループの一人が唐突に声を張り上げた。

――まあその通りだね。私は彼らの横を通り過ぎ、窓際の一番前に座った。

外を見るとルーが楽しそうに小鳥を追いかけている。ルーも気が抜けたのかな。のどかだ……。

ルーと私、騎士学校に入るイコール小説から大きくはみ出すってことで必死に頑張ってきた。騎士学校に入学した今、鬼門である魔法学院に中途で入学する羽目になるなんてことはほぼありえない。

魔法学院の新学期も時同じくして始まり、『野ばキミ』の時間がスタートした。父の情報によると数年ぶりに平民の特待生が入学したという。ヒロインだ。間違いない。

学校が別れた今、私とヒロインの人生が交差する機会が遠のいた。結局のところ、私が騎士学校にがむしゃらに入学したのは、一番ヒロインから遠く、愛する家族と離れずに過ごせるため。

私は片肘《かたひじ》をついて、ルーが戯れるのを見守る……あくびをかみ殺す……眠い……。

「……！　……！　おいっ！」

はっ！　ヤバイ！　一瞬寝てた！　私は声をかけてきた隣を慌てて見る。ヨダレが出てないかチェックしながら。

そこには同い年にしてはかなり大きい、日に焼けてオレンジの髪を短く刈り上げた男子が立っており、目を合わせると茶色の目をまん丸にした。

「ちょっ、おまえ、泣いてたのか？」

「いいえ？」

「くそ……おい！　おまえらあ！」

少年は突然クラス中に響く大声をあげた。

「やっかみかよ、おまえら！　コイツに文句あるやつは、オレが相手になるから。オレを倒してからコイツんとこ行け。わかった？」

そう言い放つとドンっと私の隣の席に座った。えーと、なんとなく庇《かば》われた？

「えっと、ありがとう。でも私、ほっといてくれて大丈夫だよ？　自分で何とかできます」

「おまえが強えのは身に染みてるっつーの。段違いに強いから、負けたオレでも合格できたんだし。でも腕が立つのとこれは別だろ？　現に涙ぐんでるし」

いや……あくびなんだけど……ん？

私は無言でジッと見つめた。少年はポッと顔を赤らめる。

「いくら強くても――お、女だからな」

負けたオレって言った？　合格？　ああ！

「あなた、実技試験の！　太陽しょった人！」

ゴンと少年は頭を机に打ちつけた。

「太陽しょってない！　でも、自分がどんだけ卑怯《ひきょう》な真似《まね》したかわかってる。入学したらおまえに一番に謝りたかった。オレはニコラス、ニックって呼んでくれ。女の子の――顔狙《ねら》ってゴメン。合格した後、試験の内容説明したら工房の親方にボコボコに殴られた」

はあ？　あの程度で卑怯？　あんなのうちでは幼稚園レベルです。この子いい奴《やつ》だわー！

「本当に気にしないでいいよ。私はセレフィオーネ。長いからセレフィーあたりで切っちゃって？」

「おまえ、貴族だろ？　平民のオレが名前切って呼ぶとかありえねえ」

「え、フツーにギルドでは呼ばれてるけど？」

「おまえ、もうギルド登録してんのか」

「うん。現金がいるの！」

「げ、現金……そうだな貧乏貴族って言葉もあるくらいだしな……王都のどこのギルド？」

「あ、王都じゃない。ちょっと離れてるけどトランドル」

ざわざわざわ!!

皆さん聞き耳立ててたんだ。ほうほう、学生でもトランドルがなんたるかわかってるみたいね。

「と、トランドルかあ。そりゃあそこでは肩書き無意味だよな。貴賤《きせん》に関係なく剛の者同士は呼び捨てかあ……。憧《あこが》れるな、そういうの。オレもじゃあセレフィーって呼ぶわ。いつかその輪に入れるように」

「ん？　よくわかんないけどオッケー！　よろしくね、ニック！」

セレフィオーネはニックと友達になった!!

頭の中でくす玉が割れ、某国民的ＲＰＧの仲間をゲットしたときのメロディーが流れた。

チャイムが鳴ったため皆席に着く。しばらくするとガラッとドアが開いた。担任教師の登場だ。

「え？」

既に見慣れた頬《ほお》の傷……赤髪の……三白眼の……呑《の》んだくれが立っていた。その凶悪な顔に生徒たちが青ざめる。

「あの赤髪……ジャンクベアーとの死闘の頬の傷……トランドルの赤鬼かよ！」

ニックはそう言ったあと、ボーゼンと口を開いたまんまにした。

コダックさん、エライ二つ名持ってんのね。赤鬼の前では黒眼の妖精《ようせい》なんて霞《かす》んじゃうわー！

「えーオレがこのクラス担任のコダックだ。これまでは四学年共通のフィールドワーク担当の講師をやっていたんだが、今年は担任業務もやらされる羽目になった。経歴は軍務四年、学校勤務になって六年。プレートはゴールド。なんか質問あっか？」

そう、この間コダックさんはＡ級になった！　Ａ級の昇格審査は当然Ａ級よりランクが上のものが執り行う。ってことで試験官はＳ級のジークじいとおばあさま。対戦相手はＳ級のアニキだった。

アニキのエゲツない手裏剣攻撃に、死ななかっただけでジークじいもおばあさまも文句なしのA判定を出した。

血まみれのコダックさんをみんなで容赦なく胴上げしたよ。祝い事だからね。わっしょい！

私《わたし》はそのときのことを思い出してコダック先生にウインクした。先生は真っ赤になって、片手をテーブルにつき、もう片手で顔を覆った。やだー教壇に立つなんて慣れないことするから緊張しちゃったの？

「知ってるのか？」

「うん、飲み仲間」

私は前世からこっそりお酒を継ぎ足すのが上手《うま》いのだ。そうやってコダックさんを潰《つぶ》して遊んでたら、くだらないことのために気配消すなってギルさんに怒られた。

「やっぱ……目指すはトランドルだな……」

ニックが何か納得したように頷《うなず》いている。

「はあ……じゃ、明日からの流れを確認すっぞ！」

学校は一日六時間の週五日。上級生になれば演習も入りその限りではない。

授業は必修半分選択半分。一般教養と将来軍の幹部になるための運用や企画、教育法を学ぶ座学はほぼ必修でこのクラスで学ぶ。

武術は自分の特性にあったものを選択。卒業までにどれか一つ免許皆伝を取らなければならない。

「最後に、ここは甘ったれが暇つぶしにくる学校じゃない。国の金、民の税金でお前らの生活は賄われているんだ。気に入らないことがあれば陰口叩《たた》いてないで、正当に力をつけて捻《ね》じ伏せろ！

いいな。じゃあ今日は寮の荷物の整理してとっとと寝ろ。終わり！」

おーう。脳筋らしい素晴らしいスピーチありがとうございます！　おっしゃる通り、寮の部屋をもう少し工夫して住みやすくしよう、そう思いながら立ち上がると、

「セレフィオーネ、アルマ、ちょっと残れ！」

先生からいきなりの居残り命令！　ガーン！

ニックに手を振り見送って——教室に残ったのは私とあと一人、この人がアルマさんだろう。

私はアルマさんを見上げた。デカイ！　百七十センチってとこ？　対する私は百五十センチ……

前世で十三歳はこんなもんだったよ！

耳を出したショートカットの若草色の髪にキャラメル色の瞳《ひとみ》、視線を下に移すと——デカイオッパイ！　う、羨《うらや》ましくなんかないもん！　私だって私だって、もうちょっとおっきくなって、寄せてあげれば……え、オッパイ？

「アルマさん、女の子？」

アルマさんは文字通り上から目線で小さく頷いた。

「あーめんどくせぇ。おい、お前らちょっと腕相撲しろ」

腕相撲は酔っ払いのケンカの決着をつける定番だ。

いきなりなんで？　しかもアルマさん私を睨《にら》みつけてる。？？？

「いーな。全力だ。どっちも右手利き腕だな。よし、レディーゴッ！」

わけわからないまでも、素直に先生の言うことを聞き、机に肘《ひじ》をついて、ドン！　瞬殺。

「ちょ、ちょっと、待って……」

初めてアルマさんの声聞いた。十三歳だよね？　何故《なぜ》にセクシーボイス？

「アルマ、もう一回か？」

「はい」

「セレフィオーネ、もう一回勝負してやれ」

はあ、よーわからん。私は黙って腕を出す。

「レディーゴッ！」

ダン！　また瞬殺ですが、何か？　私は腕を倒したままコダック先生とアルマさんを見上げる。

アルマさんは口を半開きにして握り合った二人の手を呆然《ぼうぜん》と見つめる。

「わかったな、アルマ。セレフィオーネは不正で入学したわけではない。男女関係なく新入生でブッチギリの強さなんだよ。ちなみにセレフィオーネはトランドルのシルバープレート。トランドルは贔屓《ひいき》しない。現国王がウッドプレートなのがいい例だ」

アルマさんが黙り込む。

「逆に言えば、女のお前でも一番になれる可能性があるってことだ。女だからって自分から卑屈になるな！　アニキたちをブチのめすつもりで力つけろ！」

アルマさん……涙ぐんでる。

「今年の新入生で女子はお前ら二人だけだ。力を合わせて四年間過ごせ！」

大きい大きいたった一人の女の子の同級生は、唇を噛《か》み締め一粒だけポロリと涙をこぼして……その姿は間違いなく十三歳の少女だった。

アラフォーのおばちゃんが黙って見ているわけがない！　私はアルマさんの両手を取った。

「アルマちゃん、これからよろしくね！　休みの日はせっかく女の子同士、一緒にスイーツ食べ歩きしたり、森でマレ蜂《ばち》捕ったり、カクレオオカミ討伐に行ったりしよう！」

アルマちゃんは目を合わせてくれなかったけど小さくこくんと頷いた。

「お嬢、最後のほうは……全然女の子らしくなかったぞ。ま、いいや。じゃあ女子のトイレやら更衣室に案内するぞ。ついてこーい！」

「はーい！」

「……はい」

一通り女子に必要な設備の案内をしてもらった後、アルマちゃんはキレイに一礼して走り去った。

「コダックさん。私の担任になったの、おばあさまのゴリ押しでしょう？　なんだか……すみません」

「お嬢、気にすんな。領主様からの依頼があったのは確かだ。だけどオレももうすぐ三十だから、デスクワークも覚えろってことでもあるんだよ。いつまでも外で自由満喫すんじゃねえってな」

「でも、コダックさんが先生だったたっていうの、私納得しました。知り合ってからずっと私の面倒をさりげなく見てくれてたもの。今日教室に入ってきたの見て、やられたーって思いました」

「なんだよ、やられたーってのは！」

「で、アルマちゃんの件はどういうこと？」

「察しただろ？　酷《ひど》い男尊女卑気質の貴族の家という恵まれない境遇で虐げられながら育ち、認められようと必死こいて騎士学校に入学したら、いかにもか弱いコネ合格と思われる女子が新入生代表。瞬時に目の敵にされたんだ。まあ男子からの扱いも似たようなもんだ。そっちはほっとくとして、女子はたった二人。こじれる前に誤解を解いたほうがいいと判断した」

「か弱い女子？　私が？　アルマちゃんのほうがうんと女の子だったよ！　オッパイもドカーンだったし！」

「それは否定できねえ」

ボスッ！　私は先生のスネを蹴《け》った。

「オーウ……まあでも、お嬢は小さいしあくまで魔力のグランゼウスの娘って先入観があるから、か弱く見られてるって認識しとけ。まあ実技がはじまりゃ静かになる」

なんのかんのでコダック先生は寮まで送ってくれた。

「先生ありがとう！　明日からよろしくお願いします」

私はそう言ってペコリと頭を下げ、手を振って寮の玄関に走った。

「転職くらい……安いもんだ。我らの姫が生き延びる、ためならば……」

つぶやきは小さすぎて私には届かなかった。

寮は東棟と西棟の二棟があり、西棟の三階フロアが丸々女性寮。女性専用の大浴場もトイレも同じフロアにある。食堂は一階で男女一緒。メニューは日替わりの二種類で、決められた時間に行けば自由に食べられる。

これから四年間の私のお城は狭いながらも一人部屋。むき出しの床にベッドと机があるだけの殺風景なものだけど、なんせタダなのだ。日本で家賃にヒーヒー言ってたものとしては十分すぎる。

そうは言いつつも、女子なんで、カーテン無しは有り得ない。私は小さい部屋をキュッキュッと磨き上げたあと、マジックルームから、カーテンとフワフワのラグを取り出した。どちらも領地の女性たちが私の入学のために心を込めて作ってくれたもの。

私とルーが領地を駆け回るだけで何らかの土地の恵みがあるらしい。子供たちの怪我《けが》は手持ちの薬草でついついチャチャっと治しちゃうしね。きっとそのお礼。ありがたいことだ。

北国の青い山脈をイメージしたカーテンとふわふわの新雪のようなラグを敷くと、あら不思議、懐かしい部屋になった。ここ土禁決定！　靴をドアのそばに置き、ラグにペタリと座る。

「ルーご飯にしよっかー！」

声をかけると数分でルーが現れた。

『食堂に行くのか？』

「今日はマツキがお祝い弁当作ってくれたからそれ食べよ、ここで二人で乾杯しようよ！」

『そーだな』

お弁当はお頭付きの鯛《たい》もどきの塩焼きが真ん中にドーンと鎮座していて、周りはカラフルな野菜が飾り包丁で繊細に添えられていた。誰《だれ》の結納料理？

『マッキ、腕が上がったな』

「そうだね。どこに向かうんだろ？」

『向かう？　ダメだ、セレ！　マッキを離すな！』

「いや、そーじゃないから」

マッキに並々ならぬ執着を持ってしまったルー……。

「今日のケーキはフルーツのロールケーキ。あとルーのためのチョコケーキ、週末までちゃんとマッキから預かってるからね。私の〈ナマモノ〉に入れてるから。私が食堂に行くときはそれを食べてくださいって」

『マッキ………』

涙目になったルーと仲良く「いただきます」してご飯を食べた。ルーは今日一日学校の周囲を見回り、特に危険は感じなかったらしい。

「へー。今度海側に行ってみようか？　いい素材あるかもね。ギルドの依頼もチェックしとこう」

二人でワイワイ情報をすりあわせていると、控えめにドアがノックされた。私はルーと顔を見合わせる。来訪者に何も思い当たらないけど……とりあえずルーに幻術をかける。

「はーい」

私がドアを開けると、知らない女子が二人と、その後ろにアルマちゃん……ってみんなデカッ！

「初めてまして。私たちはこのフロアの住人よ。あなたを含めたったこの四人。だから挨拶《あいさつ》に来たの。少数だから力を合わせないと、ね！」

長い黒髪をキリッとポニーテールにして、水色の涼しげな瞳《ひとみ》のその女子は口の端をあげて笑った。

さ、さ、さ、サムライ発見！

「あ、あの、何もないところですが、どーぞ、中に……」

噛《か》んでしまったわ。

とりあえず〈めで鯛《たい》〉は片付けて、フルーツロールケーキを切り分けてお茶と一緒にお出しした。

ルーからの殺意が背中にビシビシ当たって痛い。しょーがないじゃん。ケーキ、ガン見されちゃったんだから。ちゃんとケーキの追加のお願い、エンリケに出しとくって！

「こ、こんな宝石みたいなケーキ、初めて見た……」

サムライじゃないほうの、クルクルの金髪に赤い瞳のもう一人の女子が目を潤ませている。

そうでしょう？　うちのマツキ、もう別の次元で闘ってるんです。

「待て待て、食べるのはあとよ。まずはやるべきことをやらないと！」

サムライが待ったをかける。やるべきこと？

「まずは、腕相撲、しましょうか？」

瞬殺しましたが、何か？

「いやー、アルマ、疑ってごめん。マジこの子強いわ。じゃあ私《わたし》から自己紹介ね。私はエリス、今年四年生。うちは神官の家系でね。多分卒業後は神殿の護衛ね」

サムライさんはエリスさんね、メモメモ。

「私はササラ。同じく四年、長らくエリスと二人っきりだったから二人も新入生が来て嬉《うれ》しい！　私は平民よ。ここで勉強させてもらったお礼に軍で数年働いてから孤児院に帰ろうかなって思ってる」

金髪クルクルさんはササラさんね、メモメモ。時計回りなら次は私か。

「私はセレフィオーネと申します。貴族ですが、ギルドで鍛えられてますので先輩方もアルマちゃんもセレフィーとお呼びください。あ、靴脱いでくれてありがとうございます」

「私はアルマ。私も貴族ですが、呼び捨てで大丈夫です。将来は軍の参謀本部に入れたら……と思ってます。よろしくお願いします」

一通り挨拶《あいさつ》が済むと三人は無言でケーキを食べだした。みんな幸せそうな顔して……おばちゃん嬉しい！　だからルー、ゴメンって！

「はー美味《おい》しかった。それにしても居心地のいい部屋だねえ。同じ間取りとは思えない。そしてセレフィーのその……部屋着？　気が抜けるわ」

ササラさんがさっと部屋と私を見回して苦笑する。

へ、なんか変かな？　私は自分の格好をチェックした。ブルーの柔らかいパイル地でゆったりしたAラインの膝上《ひざうえ》の上着に、膝下までのゆったりパンツ。一言で言えばザ・パジャマ！　私が型紙おこして作ったよ。だってこの世界の引きずりそうなネグリジェは、私の寝相が悪くてルーにお尻《しり》丸見えではしたないって怒られたのだ。で、共布で作ったヘアバンドを巻いて髪を下ろしてる。

目の前の三人は、制服の詰襟を脱いだだけ。白シャツに制服のズボンのままだ。

「部屋着に着替えてはダメなんですか？」

「いや、ダメじゃないけど……なんていうかな、男子に隙《すき》を与えないために、あんまり気を抜くことができないっていうか……バカにされたくないのよ。女っぽい格好とかして」

エリスさんが歯切れ悪く言う。

私のカッコ、気が抜けてるのはわかる。でも女っぽくはないぞ？　レースもリボンもないもの。

「うーん、気にしすぎでは？　誰《だれ》より強いおばあさまも愛用してるんですよ？　そうだ、私のこの部屋着、着てみませんか？　とってもラクですよ！」

私は隅に引っ込んで、作り置きしているパジャマをマジックルームから取り出した。

「セレフィー、気持ちはありがたいけどサイズが……」

「大丈夫です！　先輩方のサイズもあります」

「なんで？」

「おっきくなる予定だからです！」

「「……………」」

私は目の色に合わせて水色をエリスさんに、エンジ色をササラさんに、生成り色をアルマちゃんに渡して無理矢理着替えさせた。

「すっごい……ふわふわ」

「気持ちいい……力が抜ける……ダメ人間になるやつだ、コレ……」

「………」

「ふふふ、三人ともお似合いです。うちのおばあさまが言うには強くなるためにはメリハリが大事だそうです。自分の大好きなこと――例えばオシャレするとか、美味しいケーキ食べるとか、それを楽しみつつ鍛錬しなければ強くならないのだそうです。ツライ窮屈な気持ちで稽古《けいこ》しても成長しない、と」

私が得意げにペラペラと話していたら、唐突にアルマちゃんが立ち上がり、私を睨《にら》みつけた。

「あ、あなたに何がわかる！　才能があって、可愛《かわい》くて、愛されているからそんな自由なことが言えるんだ！　そもそもそんな適当なこと言ってるあなたのおばあさまって誰よ！」

「ア、アルマ！」

エリスさんが慌てて止める。

――失敗した。知り合ったばかりなのに説教じみたこと言った。ついつい何十年ぶりかの女子会が嬉しくて、調子にのってしまった……反省……。

「アルマちゃん、偉そうなこと言ってごめんなさい！　私の祖母はエルザ・トランドルです。私に才能があると言うのなら六歳からスタートしたエルザ式トレーニングの成果です。今度一緒にトランドルに行きませんか？　おばあさま、騎士学校の後輩が訪ねたらきっと大喜びします」

「凶姫《きようき》エルザ……」

「トランドルの鬼子母神……」

「エルザ、さま？　……無敗の……軍師の？　……うちのお爺《じい》様がとうとう勝つことができなかった、最高の……私の……目標の……うううっ！　うわ――――ん！　あっあっわーん………」

「アルマちゃん……」

アルマちゃんも、きっと一人で肩肘《かたひじ》張って闘ってきたのだ。

そして、騎士学校に来てる女子なんてみんな似たような境遇だ。何かを打開するために、普通の女子がしないでいい苦労を何倍もして、決死の努力でここに辿《たど》り着いている。

アルマちゃんが泣き終わってから、私はお茶を淹《い》れなおし、みんなにチョコケーキを振る舞った。

アルマちゃんは吹っ切れたのか、はにかんだ笑みを見せてくれた。私たちはケーキが好きでパジャマが好きで、それでいてめちゃめちゃ強い女子を目指すのだ！

騎士学校女子会パジャマパーティーは大成功で幕を閉じた。

『セ――レ――‼』

頭から湯気を立てて怒るモフモフ一匹を残して…………。

◇　◇　◇

「セ、セレフィーちゃん、どしたの？　ぐったりして？」

「うん……ちょっと寝不足……」

ララさんに答えながらも久々に顔を出したギルドカウンターで突っ伏す私。

私は昨晩寝ていない。先日、目の前の自分のためのケーキを次々と少女たちに平らげられる様を見ていた四天の聖獣はわかりやすくブチ切れた。

哀れな下僕でしかない私は、休み前の週末になるやいなや、夜中泣く泣く忍び装束を着て、身体強化して闇夜《やみよ》に跳躍し王都の我が家に帰り、マッキとマーサを叩《たた》き起こした。ありったけの材料でチョコケーキ、チーズケーキ、紅茶のケーキをオーブンノンストップで焼きまくり、生クリームを三時間泡だて続けた。そして、二人に片付けずに帰ることをジャンピング土下座して、夜が明け切る前に帰ってきたのだ。

私の足元でひたすら食べ続けるルー……。

『セレ、これに懲りて二度とこのような過ちを犯すでないぞ、モグモグ……』

うん、絶対しない。これからはルーに在庫はバラさない。

「最近ラルーザさん、顔見せないけどどうしてる？　御指名の依頼入ってるんだけど？」

「兄は十日前から西の砂漠に紅サソリを捕まえに行ってます。百匹分の毒で新手の薬を作れるとかなんとか？　禁書読んでは裏付けに調査という名の探検に行き、収穫を得る毎日ですね」

「あ……そーなんだ。相変わらず突き抜けてる兄妹《きょうだい》だわー。えっとねえ、今日ある依頼で姫……じゃなかった、セレフィオーネちゃんの日帰り希望に合いそうなのは、Eランクのヒエールの実の採取と、Cランクの沼地の大蛇の討伐かしら。あ、でもこれ遠いわ」

ララさんの手元にある地図を覗《のぞ》き込む。トランドルの領地の端のその沼地は馬で二日の距離だった。だがしかし！　私にはスーパーモフモフ、ルーがいる！

「大蛇討伐行ってみる！　地形的にヒエールの実もありそうだし、ギリギリトランドル領だしね」

無事入学も果たし、素敵な女の子の友達も出来た。とっても幸先《さいさき》のいいスタート！　この流れに乗ってバンバン依頼を受けて、ガンガン稼いじゃうもんねー！

「……トランドル領内の懸案には労力を惜しまない……メモメモ」

「ララさん？」

「はいはーい！　では手続き進めるよー！」


いつものように十分にギルドから距離を取ると、周りに人間の気配がないことを確認して、マントを脱いだ。全身グレーの忍び装束の私が現れ、私の胸元に収まっていたルーがトンっと地面に降りたつ。

「ルー！　お願い！」

『セレ、りょーかい！』

ルーの全身が七色に光り、一瞬で成獣になる。その大きさは前世で言えば大型バイクくらい。安定感がある。

私はピョンとルーの背に飛び乗り、ついついモフモフな毛並みに頬《ほお》ずりする。

『セーレー！　くすぐったい！　ほら、どっちに行けばいいの？』

「はっ！　ごめん！　えーっと、とりあえず大イチョウの木の方向に真《ま》っ直《す》ぐ。レッツゴー！」

『れっつごー‼』

私の白銀は力強く地面を蹴《け》った。

領境のすぐそば、深い森の中にその沼はあった。沼の周りは樹々がなぎ倒され、何かが這《は》いつくばり、草花を踏みつけた跡がある。

「ルー、大蛇がこのあたりの猟師に襲いかかったんだって。どーやったら沼から引っ張り出せるかな？　血が出ると他《ほか》の動物が寄って来そうだから、雷一発で仕留める？　水属性だろうし？」

『せれえー！　疲れたーお腹《なか》すいた～！』

「嘘《うそ》でしょ？　さっきのケーキもう消化したの？」

私は呆《あき》れながらマジックルームから紅茶のケーキと密封容器に入った生クリームを取り出した。

「ルー、マツキさんの新作。砂糖の量、後で教えてほしいってさ」

『おー、クリームを後がけかあ。これだと激しく移動しても崩れない。マツキ、考えたな。甘さについてオレはマツキを全面的に信頼している』

何その信頼関係？

ルーがモフモフサイズに戻り、私の膝《ひざ》の上でケーキにかぶりつく。私は冒険者になるにあたって作った新作魔法〈マップ〉でヒエールの実を探す。ヒエールの実は中身をすり潰《つぶ》して熱冷ましにもなるし、小麦粉と混ぜて患部に塗ると鎮痛剤にもなる。――あった。シイの木の上の方に宿り木してる。ヒエールはマーサの腰にもいいから少し多めに採っとくか。

『セレ、客だ』

「ん？」

目の前に、沼と同じ青緑色をした十センチくらいのちっちゃなヘビがいて、鎌首《かまくび》をもたげて私たちをジッと見つめてくる。ヘビは正直苦手なんだけど……ここまで小さけりゃ大丈夫かな？

「えっと、こんにちは……ルー、お客様なんだって？」

『――こいつのオヤジがケガをしたからお医者さんに診てほしいってさ。付いて来いって、行くぞセレ』

聖獣ルーは百パーセント森の動物の味方。私《わたし》は大人しくヘビとモフモフの後をついていった。

赤ちゃんヘビの後を追い、沼の周りを半周し、木々の間を蔓《つる》が覆い尽くす隙間《すきま》を膝《ひざ》をついてハイハイして進む――意図したことではなかったけど、全身を覆う忍び装束がピッタリ役に立ってます。棘《とげ》や尖《とが》った小枝で傷だらけになるところだった。

急に六畳間ほどの空間に出た。

「ひっ！」

一番奥の杉の木の根元に――直径三十センチはありそうな大蛇がとぐろを巻いて――でも頭をがっくり地面につけて倒れ込んでいた。このお方が今回の依頼の対象で間違いなさそう。

赤ちゃんヘビがスルスルとパパ大蛇の側《そば》に行き、チロチロと細い舌でパパの顔を舐《な》める。うっすらと目に光が入りルーの姿が目に入ったのか、身体を持ち上げようとするも、バタンと崩れ落ちる。

『よい、安静にしておれ。何があった？』

『……、…………、……』

ルーが事情聴取する間、パパ大蛇を観察する。――身体の三分の二の皮がズル剥《む》けているようだ。そしてあちこちにギザギザの深い傷――これ雷系の魔法浴びた傷だわ。まあテッパンだよね。

『セレ、説明は後だ。まずはこいつを癒《い》やしてやって』

「はーい！」

この大蛇に討伐依頼があろうと関係ない。ルーの言葉には全面的に従う。ルーは過ちを犯さない。痛みが長引かないように、私は意図的に魔力をＭＡＸに引き上げる。

「痛いの痛いの飛んでけー！　パパ大蛇から飛んでけーー！」

私の両手から真っ白な光が流れ出し、大蛇の体中を覆う。大蛇そのものから発光しているかのような現象は五分ほどでゆっくりと光が薄くなり——落ち着いた。

「どう？」

私はパパ大蛇に声をかける。

『……すばらしい。いたみがない！　うまれかわったようだ』

……えーと、今私、ヘビの声が聞こえなかった？　なんか日本の前世で、ヘビの声が聞こえるばっかりにエライ目にあう魔法映画の主人公がいたような……。

私が頭を抱えていると、

『セレ！　セレの魔力が流れたから意思疎通できるようになったんだ』

「そーなの？　おまじない魔法はダイレクトに魔力を渡しちゃうってこと？」

『おまじない魔法はセレの想《おも》いそのもの。通常魔法のように魔力を使って発動するのではなく、魔力を流して願いを叶《かな》えているんだ』

そういう違いがあったんだ。私、知らず知らず魔力譲渡してたんだ。魔力譲渡は最上級の親愛の証《あかし》！　安易にやっちゃダメ！　でもおまじない魔法は自分とルーそして今回の大蛇さん以外にかけてないと思うから……まあ問題ないよね。今後、他人にかけるときは要注意ってことで。

「では、パパさん、どうして雷撃魔法浴びる羽目になったか教えてくれますか？」

『われは このちで ながきにわたり いちぞくとしずかにくらしてきた。このもりの ほかのなかまとも にんげんとも うまくきょうぞんしてきた つもりだ』

「はい」

『すうじつまえ にしのほとりのむこうがさわがしくなり こうべをあげてのぞきみると とつぜんらいげきがわれをおそった。なんはつも』

「王領から？」

沼そのものが領境。沼の西向こうは王領だ。

『にんげんども かんせいがきこえた。われはなんとかここまでにげた。ぬまのこちらがわの にんげんは われらに むたいしない。しかし すいぶんもぬけて もうながくはいきられないと かくごしていた。せいじゅうさまと けいやくしゃが きてくれるとは……いのちびろいいたしました』

当然だ。おばあさまのルー信仰はそのへんの新興宗教の何百倍も篤《あつ》い。ルーが生きるため以外の森の動物の殺生を禁じた今、トランドルに動物を脅かすものはいない。

王領側からトランドル領に攻撃魔法をぶっ放し、おそらくこの沼とこの森周辺を守護してくれている主を攻撃するなど——随分と舐めた真似《まね》をしてくれる。きっと今後もある——どうしてくれようか。

にしても何の害も侵してない蛇にイタズラすると……呪《のろ》われるって言われない？　これは前世の言い伝えだっけ？　よーやるわ……。

『蛇よ、トランドルの猟師がお前に襲われたと訴えたので我々はここに来たのだが？』

『せいじゅうさま ちかってにんげんをおそってなどおりません。しかし あのこうげきをうけたあとあまりのいたみに あばれながら ここまで たどりついた じかくはあります。まきこんでしまったのかも しれません』

『セレ、だそうだ。どうする？』

「ルー、ちょっと待って！　……できた‼　赤ちゃん、パパの身体に乗って？　そう！　行くよ、パッリーン！」

私は両手で平たく四角をイメージして陣を切った。親子の蛇の前にガラスが現れ、ガラスは七色に輝き鏡に変化。そして二匹の体内に吸収された。

『へー、跳ね返すのか？』

「そ、名付けて反射魔法。今度雷仕掛けてきたら、跳ね返して術者に三倍返し！　そして蛇を害すると呪われるっていう言い伝えもおまじないふうに念じてみた！」

『お主も悪よのう』

「お代官さまこそ、ニヒヒ！」

さて、沼地の守りはこれでいいとして、怪我《けが》をした猟師をどうなだめるかだなあ。パパ大蛇を差し出すつもりはないし。大蛇の身体に視線を走らせると、傷は癒やせたが傷痕《きずあと》はシッカリと残り、その周りの鱗《うろこ》が剥《は》がれかけていた。大蛇ともなると鱗があるんだ。

「傷痕残っちゃってごめんね。厚かましいんだけど、剥がれそうな鱗もらっていい？　それ持ち帰ってミッションクリアの証拠にするよ」

『うろこ？　もちろんかまわぬが　そうじゃな。きずが　いえたおかげで　からだが　むずむず　する。ちょっと　まっておれ』

パパ大蛇はそう言うと急に伸び上がり、側の大樹にスルスルと登り巻きついた。ヤバイ、全長十メートルはある！　そして、

ザバリッ‼　ドサッ‼

一気に頭の先から皮が抜け落ちた。

目の前には傷だらけの白いパパ大蛇の抜け殻——鯉《こい》のぼり十匹分かしら…………。

「脱皮ぃ————‼」

『それを持ち帰るがよい』

……前世ではヘビの抜け殻をお財布に入れるとお金がたまるっておまじないがあったっけ？　私のおまじないを軽く付与して猟師さんに渡せばいいか？　でも軽く千人分は取れるよね。これって稼げるんじゃ？　お金儲《かねもう》けの予感……むふっ。

ん？　なんか、パパ大蛇の声が聞き取りやすくなったぞ？　私は視線を抜け殻から本体に移した。

「うそ……？」

大樹には先ほどまでの血まみれ膿《うみ》まみれの青緑色ではなくて、堂々とした銀の鱗をもつ大蛇が絡

まっていた。

『へえ、今回が一万回目の脱皮だったんだ。銀の衣は善良な生き方をしたもののみ女神より与えられる。おめでとう。お主はもう蛇の生は終わった。今日より小龍《しょうりゅう》だ』

『聖獣様、契約者どの、今日という日を迎えられたのも、聖獣様のご加護と契約者どのの優しい魔力があったからこそ。我と娘、今後はお二方を主人とし、生涯お仕えすることを誓います』

赤ちゃん蛇、女の子だったんだ……あ、赤ちゃんの肌もシルバーに変わってる！　ってそこじゃない、問題は！

『セレ、よかったな。蛇たちはどこにでも潜り込める。間者にピッタリだ！』

ルー、私、間者募集してないし！

『セレちゃま？　わたち ミユ。がんばる！』

ミユちゃんって言うのー？　パパのレベルアップで喋《しゃべ》れるようになっちゃったのー？　声かわゆいねー！　くう～！

『セレ、そろそろ帰らないと夕ご飯に遅れてマツキに怒られてしまうぞ？』

ルーよ！　帰りが遅いと心配するから怒るのだ！

そう思いながらもゆっくりしてはいられない時間になり、私とルーは小龍とミユたんと再会を約束して別れた。もちろん合間に採取したヒエールの実と、お金の匂《にお》いがプンプンするパパ小龍の抜け殻はしっかりマジックルームに入れて。

『セレ、行くぞ！』

「待って！　沼の西側、ちょっと偵察したい」

私は成獣サイズでスタンバってくれてたルーに再びモフサイズになってもらい、念のため二人を覆うように幻術をかけた。沼池のそこはまだトランドル領というのに数人の足跡で踏み固められていた。足跡は新しく、一つは私と同じくらいの大きさ。子供？　女性？

『四人、だな。匂いの感じだと昨日か』

「パパ小龍の傷は一週間は経《た》ってたし、頻繁《ひんぱん》に来てるってこと？」

『どうやらそのようだ……噂《うわさ》をすれば……変な臭いがプンプンしてきたぞ？』

私は新たに認識阻害魔法を重ねがけし、息を殺して草むらに身を潜めた。

ガヤガヤと緊張感のない声が聞こえてきた。

「今日も見当たらないなあ。そろそろくたばってる頃《ころ》だと思うんだけど」

「雷あんだけ浴びせたからなあ。真っ黒の黒焦げ！」

不愉快な会話に顔を歪《ゆが》める。三人の黒ローブの男、あのローブ、国定魔法師。

「マリベルももうちょっと加減を覚えろ。いくら後天のお前の魔法がどの程度か見定めるために来てるからって！　そんなんじゃ学院でうまくコントロールできないぞ」

マリベル？

黒い大人の陰から――ピンクでフワフワの巻き毛の少女が――鮮やかに目に飛び込んできた。

体中にブワッと鳥肌が立つ。

「だって、全力でやっつけていいって言ったじゃないですかあ！」

「庶民らしく金勘定覚えろ！　真っ黒コゲの死体より綺麗《きれい》な状態の方が高く売れるんだよ！」

「えー！　だって庶民で終わるつもりないもん。もう王子との出会いのイベントも済ませたしー！ねえ、多分沼の奥に転がってるから、ちょっと連れてきてよ」

「バカ！　ここが限界だっつーの。この沼から先はトランドルなんだぞ！　許可なく足を踏み入れてみろ、殺されても文句言えねえから」

「バカはどっちよ。殺されるわけないじゃん。私はヒロインよ！　ねえ早く行って！　ひょっとしたらあのヘビも聖獣かもしれないじゃん。まあ私にはやがて最強の聖獣が手に入るんだけど、多い方がいいしね」

聖獣⁉　そうだ！　ルー！

思わぬ遭遇で働かない脳を無理矢理動かして、私は足元のルーを覗《のぞ》き込んだ。

ルーは――プルプルと小刻みに震え、片脚を踏み出しては戻し、踏み出しては戻しを繰り返し、スカイブルーの瞳《ひとみ》は真っ赤に充血していた。

「ルー？」

ルーの声はかすれていた。

『セレ……おかしい……おかしいんだ。何かの引力によって……見たこともないあの娘に惹《ひ》きつけられる……あちらに行きたいと心も身体も叫んでいる……頭では今出る時ではないと……わかっている……いるのに……』

ああ……。ヒロインの……登場だ……。

ルーは本来私《わたし》ではなくマリベルと相思相愛になるのだ。これはいわゆる——物語の強制補正ってやつなんだ。

ルーが苦しげにグルグルと唸《うな》る。そしてマリベルを愛《いと》おしそうに眺める。その思いを呑《の》み込むように下を向き、ヨダレをダラダラと流す。

ルーとの出会いから今日までが一気に蘇《よみがえ》る。出会いから十年。決して短くなかった。でもヒロインには敵《かな》わないんだ。ルーがあっけなくマリベルに堕《お》ちていく。

長年私を映していた空色の瞳《ひとみ》にマリベルだけが映っている。マリベルを一心に見つめるその視線は確かな熱量を放ち、私への穏やかなソレとは確実に違うものだ。

どうして？　どうしてなの？　ルー……なんであの子なの？　またしても私はあの子に負けちゃうの？　ヒロインなんかより、ずっとずっと、何百倍も私のほうがルーを愛しているのに‼

……ううん、ルーは抗《あらが》ってくれている。私との十年を思い、なんだこりゃって！　この運命はおかしいだろって。足を踏ん張って、私の隣に立っている。かつて思い知った。ルーは決して私を裏切らない。ルーがガリガリと爪《つめ》を地面にこすりつけ、頭を激しくブンブンと振り回す。焦燥感を誤魔化してるの？　思考をはっきりさせるように？　私の……ためだね……。

でも……ルーがこんなに苦しむ必要はないんだ。ルーはマリベルのルートであっても、最強でカッコイイ四天の一獣で……幸せに暮らすのだから。ルーはマリベルの世界で——ハッピーエンド。

私と共にいてほしいと思うのは——私のワガママだ。ルーにはいつも元気いっぱい跳ね回っていてほしい。だって……大好きなんだもの。自信たっぷりで、真《ま》っ直《す》ぐで、俺《おれ》様で、染まらない至高の存在でありながら、私を常に温かく包み込んでくれるルーが。

私はこの十年の愛された記憶があれば……きっと生きていける。この先の運命が前回同様断罪コースであったとしても、ルーとの幸せな、幻ではない十年が、私を最後に温めてくれる。

私はルーの正面で跪《ひざまず》いた。

「ルー？　いいえ、ルーダリルフェナ。行っていいよ、あっちに。苦しまないで」

ルーの真っ赤に染まった瞳が大きく開く。

「今までありがとう……運命に抗ってくれて……ありがとう……」

ダメな私は――涙をポロリと落としてしまう。

「契約……解除して？　……ルー……大好き……さよ……なら……」

涙をボタボタ落としながらじゃ、全然効果ないと思ったけれど、私は微笑《ほほえ》んだ。ルーが気兼ねなくマリベルのところに行けるように。私を少しでも憎まないでくれるように。

涙で私の視界はかなり不明瞭《ふめいりよう》だけど――ルーが唸るのが聞こえた。

『……………そういうことか』

ザリッ！

ただならぬ音と共に、血の匂《にお》いが鼻をつく。私は慌てて袖《そで》で涙を拭《ぬぐ》う。

目の前のルーは――真っ青な目をギラギラ光らせて口を真っ赤に染め、右脚から大量の血を流していた。

「ルー‼」

私は前脚に飛びつき止血しようとした。

『触るな！　セレ！』

私はビクッと小さく縮こまる。

『癒《い》やすな！　これで正気でいられる。癒やすのは……うちに帰ってからだ！』

ルーが自ら己の脚を噛《か》みちぎったのだとわかった。わかったけれど、理解が追いつかない。

「ルー……どうして……？」

ルーが血まみれの脚を私の膝《ひざ》に乗せた。

『セレ、オレは醜いか？』

私はブンブンと首を振る。

「ルーはいつでも……いつでも世界で一番綺麗《きれい》でかっこいい」

『ならばセレ、オレの傷に口づけて』

私は何もわからない状態ではあったけど、迷いなく血の噴き出す患部にキスをした。鉄の味で舌が痺《しび》れる。

パーンと私とルーの頭上に強烈なまばゆい光の輪が現れた。この光、二度目。ルーと出会ったあの日以来。光輪は私たちの身体を包むように降りて、二つの身体が固く離れないようにきゅっと引き絞り、すうっと体内に消えた。

私が呆然《ぼうぜん》と佇《たたず》んでいると、

『セレの血は昔もらった。これで相互の〈血の契約〉がなされた。最も強固で対等な契約。セレ……泣くな。オレはセレのものだ』

ルーは穏やかに微笑んで――私の方に倒れこんだ。

「ルー‼」

私がルーをギュッとかき抱くと同時に、マリベルの大声が聞こえた。

「何、今の光線！　ひょっとして聖獣降臨じゃないの？　魔法師様方！　行くわよ！」

ザクザクザクと不心得者四人がまたしてもトランドル領内に入った。私はルーから眼《め》を離すことなく、頭上に照明弾のごとき合体魔法をぶち上げた。

ドオ――――ン‼

「キャー！　なにこれえ！」

「マズイ！」

「逃げろ！」

「あああっ！」

ザッと音がしたと同時に四人は忍び装束の者数名に取り囲まれていた。おばあさまの草だ。

私は身のまわりの幻術のみ解除する。認識阻害はそのまま。

トンっと一人の黒の忍び装束の男が目の前に跪く。

「姫様」

「侵入者よ。よりによってこの沼池周辺を守護する銀の小龍《しょうりゅう》様に手をかけた。後は頼みます」

「御意」

私はルーを懐に抱き、全力で跳躍した。

身体強化に幻術をかけて、私は倒れる寸前まで跳躍を繰り返し、驚異的なスピードで王都のグランゼウス邸に戻った。血まみれのルーを抱いて玄関をくぐる。

「お帰りなさいませ、お嬢様？　……ルー様‼」

エンリケが大声を出すなんて滅多にないことだけど、気にしてる場合じゃない。

「すぐ治療しなければならないの……集中したいから、誰《だれ》も部屋に入れないで」

私は小さな声でそれだけ言うと、二階の自分の部屋にダッシュした。

「はあ……はあ……ルー、うちに着いたよ。約束守った。治癒するよ」

私は部屋に入るや否や、ペタリと床に座り込み、左手で意識をなくしグッタリと力の抜けたルーを支え、右手から一気に魔力を放出させ、おまじないをかけた。

「痛いの痛いの飛んでいけ！　痛いの痛いの飛んでいけ！　痛いの痛いの飛んでいけ！　ううう っ！　痛いの痛いの……」

血が止まるとそっと抱きしめて、よくなれよくなれと念じながらルーの背中をさすった。かなりの血が流れ出た。造血剤をイメージして赤血球が増えるように、鉄分や葉酸に似たものに魔力を変質させて送りこんだ。

「ルー、ルー、元気になって！　お願い！　ううっ……」

十分ほど経《た》っただろうか。濡《ぬ》れた柔らかな感触が頬《ほお》に当たるのに気づいた。ルーが真っ青な瞳で私を射貫《いぬ》き、ペロリと頬を舐《な》め、私の涙を拭う。

「ルー……」

『セレ……とりあえずお風呂《ふろ》に入って血を落とそう。話はそれから』

私とルーは部屋に付いているお風呂に入り、血や泥を洗い落とした。そしてブルーの柔らかい部屋着を着て、いつも通りルーをブラシでとかしながらドライヤー魔法で乾かした。

トントン、と控えめなノックがする。マーサだ。

「お嬢様、お食事は？」

胸がいろいろな思いで詰まり、何も食べられそうもない。

「今夜はいらない。ごめんなさい。下げていいわ」

「……少しでも、食べたくなったら声をかけてね？」

マーサが階下に降りたあと、ルーのことを考えてなかったことに気がついた。

「ごめん、ルーはお腹《なか》すいてた？」

『まさか⁉　二ヶ月分くらいのセレの魔力を注がれて、お腹パンパン』

私たちは窓辺の毛足の長いフカフカの絨毯《じゅうたん》に腰を下ろした。横座りした膝の上にルーが寝そべる。

私は習慣でルーの背をゆっくりとさする。

『話す気になった？』

「…………」

『セレは幼いときから、ジッと押し黙り……年齢不相応な難しい顔をし……心を塞《ふさ》いで、荒ぶる魔力が小さい体中を暴れつくすことがままあったなあ。そういう場合は翌日からますます厳しい鍛錬を自分に課していた』

「…………」

『それでも、セレが何も言わないなら……それもいいと思っていたけど……セレの心を重くする澱《おり》がとうとう表に噴き出した。これまでも散々心で泣いていたが、今日は涙が溢《あふ》れ出た』

「ルー……」

『オレの唯一の契約者のセレがハラハラと泣く。そして――契約を解除しろと言う。もう、介入していい頃合《ころあ》いだと思うけれど？』

「……そうね」

ルーに私のことを話して何か変わるわけでもないけれど、隠してルーに不信感を持たれることは絶対に嫌だ。

それに――もう疲れた。一人でシナリオに逆らい続けるのは。

「ルー……私、すぐにこうやって靴を脱いで床にペタンと座るでしょう？ これね、前に住んでた世界の習慣が抜けないからなの」

『――セレは〈前世持ち〉か……』

「そういう言葉があるの？」

『うん、極々稀《まれ》に現れると聞く。オレは初めて会うけどね。なるほど、セレの柔軟な発想は前世の影響か』

「ふふっ、気持ち悪い？」

『なぜ？』

「異端だから」

ルーの左脚が軽く私の頬を叩《たた》いた。初めてのことで……ショックを受けた。

『セレ、目を覚ませ！　オレがセレを選んだのは魔力が気持ちいいから、それだけだ。今日ヘビが言っていただろ？　セレの魔力は優しいと。魔力は人となり、人格、全《すべ》てが表れる。オレは四天の一獣ルーダリルフェナ。聖獣は常に清廉潔白。セレの魔力はオレにふさわしい。オレが選んだ。わかった？』

涙が……溢れる。

『セレはオレの唯一、セレの代わりなどいないんだ！』

「う、う、うわ――――あ‼　あ、あ、あぁ………」

私は泣き崩れた。

涙は全て舐め取られ、私の顔はルーの唾液《だえき》でビチョビチョになった。

私はポツリポツリと前世について、ルーに語ってみた。

前世はここと全く次元の違う世界であったこと。私は三十歳くらいで死んだこと。前世で読んだ書物が現世とそっくりであったこと。ルーと出会った雪の日に全て覚醒《かくせい》したこと。

その書物では、私《わたし》は膨大な魔力持ちの魔法師で、魔法学院に行くこと。何故《なぜ》かそこから悪役の役回りになり、それまで親しかったもの全てから、絶縁されること。対して善玉こそが——今日出会ったピンクの髪の乙女マリベルであり、皆マリベルの周りに集うこと。私は責め立てられて——捕らえられ、幽閉され、魔力を吸い上げられ、ひとりぼっちで干からびて死ぬこと。

覚醒後はその運命から逃れるために、できうる限り、真逆に真逆に選択し、足掻《あが》いてきたこと。

思いつくまま、とりとめなく、話した。

『時折難しい顔や泣きそうな顔をしていたのは、前世を儚《はかな》んでか？』

「……ううん。前世は精一杯生きた、多分。……おかしいんだけどね、書物の記述ももう自分が体験した一部になっちゃって、感情が乗っ取られるの。人とか場所とか引っかかるものがあったら、あの時はああだったこうだったって記憶が噴出して……動揺しまくって……苦しくて……前世が二つある感じ。ああ、何言ってるかわかんないよね……」

『その〈親しかったもの全て〉にはセレのおやじ殿やラルーザも含まれているのか？』

私はコクリと頷《うなず》いた。

『オレも、なんだな？』

私は——言葉を選ぶ気も失《う》せて、コクリと頷いた。

『なるほどな、今日善玉の女が登場して、セレは裏切られる時が来た、と怯《おび》えたのか……』

思い出すだけで胸がジクジク痛む。

「ルーは裏切らない！　そんなことわかってる！　……でも、でも、明らかにルーおかしかった！　マリベルをうっとり見つめては苦しんでて……ルーを解放しなきゃって、うっうっ………」

『セレ、もう泣くな。よくわかった。いやよくわからんけど、セレの思いはよくわかった。あの現象は……オレも考えてみる』

「うっうっ……」

『セレ、オレとセレは何だ？』

「一心……同体」

『その通り』

ルーが唐突に輝き成獣サイズになった。戸惑う私を白銀の毛皮で包みこみ、私の首に頭を乗せた。

『セレ、今夜はもう寝な！』

ルーがガブリと首筋を噛《か》んだ。たただだ清らかな魔力が流れ込む。

「……ルー？」

『ん？』

「……ルーが一緒に旅に出ようって言ってくれたとき……嬉《うれ》しくて……足掻いてみようって思ったんだ……」

『そっか……おやすみ、セレ』

「おや……すみ……だい……す……き……」

私は急激な睡魔に襲われて、眼《め》を開けていられなかった。心も身体もルーの美しく柔らかな毛皮に沈んでいく。

最後に瞳《ひとみ》に映ったルーは――真っ青な瞳を金にギラつかせ、牙《きば》を剥《む》き出しにし、見たこともないほど――激怒していた。

あれは……夢？

◇　◇　◇

目が覚めると、目の前にいつものモフモフサイズのルーが腹を出して寝ていた。外を眺めると曇り空だったけど、私の心は思った以上に晴れやかだ。ルーにもらった魔力のせいか、いっぱいいっぱい泣いたからか……。

『おはよう、セレ』

「おはよう、ルー」

私たちのいつもの一日が始まった。

「おはようございます。お父様」

「おはよう、セレフィー」

朝食のテーブルにつき、父に挨拶《あいさつ》すると――パパンの顔色が悪い。

「お父様、なんだかお疲れみたい」

父が整い過ぎた顔で苦笑する。

「家に帰ったらルー様が怪我《けが》されていて、セレフィーが必死に看病してると聞けば、そりゃあ心配でやつれもするよ」

私は急いで父に駆け寄る。

「お父様、ごめんなさい」

パパンが久しぶりに私を膝《ひざ》に抱き上げギュッと抱きしめる。

「セレフィー、お願いだ。部屋に閉じこもるのはやめてくれ。心臓がもたない」

朝からダンディー大臣に抱きしめられて、心臓が持たないのはこっちだっつーの。パパンの目の下に隈《くま》を見つけ、両目にチュッチュとキスをする。疲れを吸い取るおまじない。私のために出来た隈、私が引き受けます。

「……本当に、セレフィオーネの魔力は……優しいのだな……」

あれ、吸い取る系のおまじないなのに魔力渡っちゃった？　よーわからん。

「お嬢様ー！　ルー様ー！　お腹《なか》すいたでしょう？　マツキがたっくさんパンケーキ作ってくれましたよー！」

「マーサ、おはよう！　いただきまーす！」

『セレ、クリームたっぷりで！』

「らじゃ！」

朝食が済むと、仕事に行く父と一緒に家を出て、ルーに飛び乗った。昨日の報告をギルドにしなければならない。

「…………というわけで、ララさん、大蛇は体調が悪くて暴れてしまったようです。大蛇からお詫《わ》びにこれをもらってきました。財布に入れると金運アップします。これで猟師さんたちにご勘弁願えないでしょうか？　あ、それとヒエールの実……あった！　はい！」

私はララさんの前に祝一万回脱皮記念の、防災訓練のシューターのごときスペシャルなヘビの抜け殻とヒエールの実をゴロンゴロンと取り出した。

「セレフィオーネちゃん……規格外だわ……うん、猟師さんには一応確認しとくけど、まず問題ないはずよ。ギルド的には依頼完了！　お疲れ様でした！」

ララさんはそう言うと規定の報酬を私に丁寧に差し出した。私はサインして、受け取った。

私の手のひらで八枚のコインがキラキラ輝く。やったぜ！

「お嬢！　今回もバッチリ完了みたいだな。よかったなー！　勝率十割更新中か？」

朝から酒飲んでる酔っ払いコダック先生がグラスを持ち上げてる。学校じゃ飲めないからねー。

私はカウンターからお茶をもらい、コダック先生の隣に座り、カチーンとコップを合わせる。

「先生！　今回もなんとか完遂したよ！　ありがとう！」

私はお酒を飲んだ真似《まね》をして、プハーと息を吐きニンマリした。

え、コダック先生急にそっぽ向いて——鼻血？　飲み過ぎだっつの！

「セレフィオーネ、ちょっとこっちに来んかい？」

奥からニコニコしたジークじいが顔を出し、ちょいちょいと手招きする。

私はララさんにコダック先生を託してギルド長室に入った。

前回、ジークギルド長が座っていたソファーに――シックなドレスを着て険しい顔のおばあさまが隙《すき》のない姿勢で座っていた。パタンと部屋のドアが閉まるとジークじいからも穏やかな表情が消える。私は促されおばあさまの正面に座り、ジークじいはデスクに寄りかかった。

「姫さま、早速ですが昨日の詳細を領主様と私に報告願えますかな」

尋問タイムでーす。まあ覚悟していたけれどね。

「おばあさま、まずはおばあさまの私兵を呼びつけるかたちになり、申し訳ありません」

「その行動の是非については、話を聞き終わってからでないと判断できないわ。最初から教えて」

「はい。ギルドの依頼で由緑《ゆいりよく》の沼に参りましたら、あの地一帯を守護する大蛇が雷魔法を撃ち込まれて瀕死《ひんし》で倒れておりました。急ぎ治癒し、仔細《しさい》を聞きますと王領からの侵略者にやられたと。現場の状況から再び現れる可能性が大だと考え、しばらく様子を見ておりましたら国定魔法師三人と一人の少女が現れました。どうやら主が目当てであったようです。少女が何度も何度も領境を跨《また》いで傷つけた挙句、弱った頃《ころ》を見計らい回収にきたのが昨日。トランドル領に足を踏み入れた瞬間、おばあさまの兵を呼びました。ちなみに大蛇様は私の目の前で一万回目の再生を果たし、銀の小龍《りゅう》様になられました。今後、小龍様に何かあってはならないと思い、ささやかなものですが魔法の鎧《よろい》をかけさせていただきました」

ルーの存在を消して話す。

「姫さま治癒魔法も使いなさるか？」

「ジーク！　全てここだけの話よ。それで、うちのものの話だと、セレフィオーネ、あなた血まみれだったとか？」

「おばあさま、全て返り血です。私は……無傷です」

傷を負ったのはルーだ。おそらくおばあさまは騙《だま》せないけど、ジークさんにはパパ龍の返り血と思わせたい。

「そう……」

おばあさまがルーの怪我を大事《おおごと》にしないわけがない。

「セレフィオーネ、単刀直入に聞くわ。あなたが狙《ねら》われたとも言えるのではなくて？」

マリベルはあくまでついでのようだったが、今後の手駒《てごま》として聖獣を欲しがり小龍を傷つけた。マリベルが最終的に欲しいのは最強の聖獣の一体であるルー。そのルーは私と一心同体。

私はちらりと肩のルーに視線を流したあと、おばあさまの目を見た。

「そうかもしれません」

おばあさまから一気に殺気が噴き出した！　え、殺気もう一丁？　じ、ジークじい？　いつも優しく微笑《ほほえ》んでいるジークじいまで鬼の形相になってるぅ！　背中に竜巻うずまいてますよぉ！

「おいエルザ、殺していいな？」

「……まだ生かしておきなさい。今、魔法師団に問い合わせ中よ。役にたってからじゃないと死なせないわ」

「あ、あの、昨日の四人はまだここに？」

「姫、申し訳ありません。姫を狙ったとは思い至らず、まだ生かしております」

「あ、あの、お二人ともお会いになったの？」

「うむ、エルザ様の私兵が尋問するのを後ろから眺めておりました」

「あの、差し支えなければ、四人の言い分を教えていただけますか？」

ジークじいがフンと鼻を鳴らした。

「あの小娘が後天で魔力を発現し、特例で入学した学院の授業についていけるように王領で基礎を教えてただけだとよ。たまたまトランドルに迷い込んだだけだと。あれだけの足跡をつけておいてよくもそんなことを言える。そもそもトランドルに向かって攻撃魔法を打った時点で戦争だ。小娘は小娘であの大蛇は自分のものだ、自分のものを取りに来て何が悪いとほざく。王都の魔力持ちってのはバカ揃《ぞろ》いか？」

「セレフィオーネ、トランドルは断りなく領地に入ったものは切り捨てると二百年以上前に宣言を出しています。ちゃんと公正証書にもなっているの。そもそも他所《よそ》の人間が危ない目にあわないように知らしめているというのに……命知らずなこと」

トントンと窓枠が叩《たた》かれた。おばあさまが立ち上がり、外から手紙を受け取る。

「まあ……恐ろしい。命乞《いのちご》いはあの学生の分だけよ。付き添いの魔法師は大人なのだから、責任取らせろですって。戦争ふっかけておいて、あいつら何の賠償もするつもりないみたいね……」

殺すと宣言しておいて見逃せば、トランドルが今後軽んじられ付け入る隙を与えてしまう。おばあさまは底冷えする顔をしている。おばあさまのように覚悟を決めていない私《わたし》に……意見などできるわけがない。

「おばあさま、一つだけお聞きしてよろしいですか？」

「何？」

「あの少女……どう思われました？」

「そうね……空っぽな子供ね。どこで仕入れた知識か知らないけど、聖獣聖獣わめいて。自分の仕出かしたことの影響もわからず、私は悪くない、だってだってとうるさいこと。付き添いの魔法師よりも魔力は確かに多いから魔法師団は手放せないってところかしら？」

「あの、おばあさま……惹《ひ》きつけられませんでしたか？」

「……どこに惹きつけられる要素があるの？」

「……自由と奔放さ？」

「自由は義務を果たす者のみに得られる権利よ。そうでしょう？」

ごもっとも過ぎて——涙が滲《にじ》む。

「セ、セレフィーちゃん？」

『……よかったな、セレ』

ルーが私に頬《ほお》を擦り付ける。

おばあさまは…………魅了されなかったのだ。

尋問が終わると速やかに帰宅し、またもや私たちは部屋に引きこもった。

「おばあさまも、ジークじいも至近距離でマリベルに会ったのに――〈術〉にかかってない！　どーゆうこと……？」

敢《あ》えて〈術〉と言う。〈補正〉なんて言葉、ルーに通じるわけないもの。

漠然と、私の愛する人は全《すべ》てマリベルに出会った瞬間から虜《とりこ》になり、私を裏切るように〈補正〉されると思っていた。

距離の問題ではない。ルーはマリベルから十分な距離を取っていた。室内の牢《ろう》にいるだろうマリベルを眺めていたおばあさまのほうが断然近かったはずだ。

「術をかける相手を選んでる？」

『それはない。オレはあの場面では認識されていなかった』

そうだった。それに選べるならおばあさまは外せないだろう。過激に強く、私と親しく、裏切ったとき私に最もダメージを与えることのできる関係者中の関係者。

「でも聖獣をすごく欲しがってた。聖獣っていう大きなくくりで術をかけたのかも？」

『そういや……マリベルは聖獣にやけにこだわってたな……エルザも似たような話をしていた。セレ、あの女が他《ほか》に何を口走っていたのか丁寧に思い出せ！』

そうだ。私はあれから動揺しすぎて何も検証していない。

えっとえっと、一番傷ついた言葉は――

……私にはやがて最強の聖獣が手に入る……

ルーのことだ。マリベルはルーを知っていて、いずれ手に入れることを知っている。

そしてトランドル領に入ることを危惧《きぐ》する魔法師に、

……殺されるわけないじゃん……

トランドルの、おばあさまのこの国での立ち位置を理解していない。

……私はヒロインよ！　……

ヒロインであることを知っている。

「ルー？」

『ん？』

「マリベルも……〈前世持ち〉だったみたい」


『つまり、あの女も〈前世持ち〉で、例の予言書を読んでいるということだな』

ふぇ？　『野ばキミ』いつの間に予言書扱い？

「うん、『ヒロイン』って言葉が私の前世の世界の言葉だし、イベント済ませたとか、今後のストーリー展開をわかっている口ぶりだった」

『……セレ、予言書にはトランドルやエルザについての記述はあったのか？』

「え？」

考えるまでもない。大した厚みのないファンタジー小説。主人公の背景ならまだしも悪役令嬢の背景まで事細かに書き込まれるわけがない。

「なかった。実際、あのルーと一緒におばあさまに会った日まで私、おばあさまの存在すら知らなかったもの。書物ももちろんトランドルのトの字も出てこなかった」

『ではなぜエルザもジークも裏切ると思った？』

「だって、親しい人々ことごとくに裏切られて、私、ひとりぼっちになったんだもの！　私の周りには誰《だれ》も残らなかった！」

『でも、予言書にはエルザもジークも出てこないんだろ？』

「うん」

『あらゆる断罪の場に二人は確実にいなかったのだな？』

「……いな……かった」

『そういうことではないのか？　予言書に記述されていたことしかマリベルは知らない。知らない相手に術をかけようがない』

「そういう……ことなの？」

『野ばキミ』の影響は限定的と思っていいのだろうか？

あの小説に書いてあったことについてはある程度の強制力があるけれど、それ以外の人間、その人々の行動については影響を及ぼさないってこと？

そして――小説の世界なんてこの世界の一欠片《ひとかけら》分の情報、出来事でしかない。

この広い世界に住む大多数の人々は『野ばキミ』と無関係。その無関係の人々は必然的に小説の人々の領域にもズカズカ入り込んでくる。そうなると私を含め登場人物のベクトルも当然ずれていくんじゃないの？　物語に出てこない大多数の人間はそれぞれの思惑で好き勝手に踊れるのだから。

現に私もルーも小説にない、いろいろな出会いや経験をして、自ら進む道を小説と違《たが》えた。

やっぱり百パーセント筋書き通りになんてなりえない。

――だとしても〈補正〉の強制力は未知。侮れない……。

『セレ、予言書を今一度思い出せ。そして記載されていた人物全てを抜き出せ。些細《ささい》な登場でも全て。固有名詞が出てきたなら必ず。術にハマる可能性のある人間はそいつらだ』

私は黙って頷《うなず》いて文机《ふづくえ》に向かい、真剣に『野ばらのキミに永遠の愛を』を思い返した。名前のある人間から、門番、花屋の娘といった記述、人物情報を出来る限り細かく箇条書きにした。

いずれマリベルが接触するだろうこの人たちを徹底的にマークし、彼らのいない空間を選んで、彼らではないたくさんの人々に関わって生活することが――私の穏やかな老後につながると信じたい。

ギレン陛下は……別枠だな。私は〈例外〉という紙をもう一枚作り、ギレン陛下の名を書いた。

その横には悩んだ末『断罪後の恩人』と記した。

私がその作業に没頭していると、頭上から影が射《さ》した。

「『アイザック・グランゼウス。私が第二王子ガードナーに婚約破棄されたことに激怒。私を勘当しグランゼウスから追放、二度と顔を見せるなと言い放ち絶縁する』か……」

聞こえてはならない声が頭上から響く。私は両手でメモ書きを今さら隠し、後ろを振り向いた。

今にも泣きそうな顔の父がいた。

「お父様……どうして？」

私はルーをキッと睨《にら》んだ。父が背後に近づくことを当然止められたはずだ。ルーは静かに私を見返す。

『オレが中に入れた』

「そんな！」

私は立ち上がり、父と距離をとり、自分をギュッと抱きしめた。どうすればいいかわからない。

お父様の顔なんて見ることができない！　どうしよう、どうしよう、どうしよう‼

パニックになったその時、父が前に出て自分の胸に私の顔をぎゅーっと押し付けた。

「お、お父様、ごめんなさい、ごめんなさい……」

「セレフィー、謝ることなど何もしていないだろう？　かわいそうに、こんなに苦しんで……。セレフィオーネ、私はルー様に……全て聞いているんだ。大丈夫だよ。私は裏切らない。ルー様が私が裏切る前に止めてくれると約束してくださった」

私は呆然《ぼうぜん》と……顔を上げて父を見上げた。涙目のパパンは破壊的にハンサムだった。

「だから、対策会議には私も参加させておくれ？　愛するセレフィオーネ」

聖獣は過ちを犯さない。ルーが判断したのなら——きっと正しいのだ。

私は再び父の胸にぽすんと顔を埋《うず》めた。

父が幼い頃《ころ》と同じように、私の頭をゆっくりと撫《な》でる。

「予言書の出来事が、今ではその身に起こったことのように感じると聞いたよ。私の裏切りこそが一番前世のセレフィーを傷つけ痛めつけただろう。セレフィオーネ、今世では私が生きている限り、ひとりぼっちになどしない。と言っても信じてもらえないだろうから、目の前のルー様に誓おう」

ルーがグルゥと唸《うな》った。

聖獣に直接誓うなんて、自殺行為だと思った。違えたとき、間違いなく天罰が下る。父の覚悟を知る。

私は父の上着をシワが寄るほど掴《つか》み、ホロホロ泣いた。

幕間　アイザック・グランゼウスの後悔

私アイザック・グランゼウスが王城にて予算関係の書類を一枚一枚確認し、指示を出していると、窓の向こうがピカッと光った。珍しい、エンリケの伝令魔法だった。胸騒ぎを覚え窓を開けて受け取る。蝶《ちょう》の形をしたそれは受取人の魔力を確認すると一瞬で手紙に変わる。

『聖獣様、大怪我《おおけが》を負い帰還。セレフィオーネ様、自室に閉じこもり治療中。すぐに戻られたし』

ガクっと膝《ひざ》の力が抜ける。朝、元気よくギルドに向かったセレフィオーネに何があった！

「旦那《だんな》様、よくぞお戻りになりました！」

「エンリケ、どういう事だ！　今どうなっている！」

セカセカとマントを脱ぎ早足で娘の下に向かいながら尋ねる。

「二時間ほど前、お嬢様がお戻りになりました。血まみれの聖獣様をお抱きになり、涙に濡《ぬ》れた憔悴《しょうすい》しきったお顔をされて。足早に自室に向かわれ、決して邪魔するなと……」

「セレフィオーネ……それからまだ出て来ないのか？」

「アイザック坊ちゃま、たった今、お嬢様に食事を取るように声をかけてきました。でも、今夜はいらないと……」

マーサはエプロンをぐちゃぐちゃに揉《も》み絞り涙目になっている。幼き頃《ころ》より母親がわりのマーサをはねつけるとは……どれだけの重大な事態が起きたのだ⁉

私《わたし》は二階に駆け上がり、セレフィオーネの部屋の目の前で、ただなすすべもなく立ちすくむ。中からボソボソと話し声が聞こえる。どうやらルー様は話せるまでに回復したようだ。少しだけ心が落ち着く。しかし聖獣様に怪《け》我《が》を負わせるなど一体何者の仕業だ？　そもそもセレフィオーネは今日ギルドでどのような依頼を受けて、このようなことになったのか？　疑問ばかりが浮かび、結論は出ず、ただただ混乱していたその時、

「う、う、うわ――――あ‼　あ、あ、あぁ…………」

魂から絞り出されるような……慟哭《どうこく》……。

「私の……お嬢ちゃまが……泣いてる……」

隣にいたマーサがペタリと床に座り込んだ。

セレフィオーネが泣いている。初めて聞く娘の嗚咽《おえつ》が屋敷中に響き渡る。

セレフィオーネは泣かない、手がかからない子供だった。いや、今もそうだ。自分の気持ちを自分の中でさっさと片付ける。親を頼らず、自分が手に入れられるものだけでひっそりと静かに、しかし強く生きている。時折大人びた苦悩をにじませた顔をするが、尋ねても大丈夫だ、大した事ないとはぐらかされる。

悲痛な泣き声が胸に突き刺さり、娘の叫びをこれまで聞いたことのなかった自分に呆《あき》れ返る。娘の泣く理由が全くわからない自分に幻滅する。

最愛の娘が泣いているのに、何もできない自分に吐き気がする。

悶々《もんもん》と唇を噛《か》み締めていると、切ない号泣は徐々に静まり、小さな話し声がポツポツと聞こえる。そして何も聞こえなくなり――ガチャリと扉が開いた。

「せ、セレフィオーネ！　はっ！」

そこには初めて見る――巨体の聖獣様がいた。体中から威圧が放たれ顔つきはこれまでになく厳しく――神々しい。これこそが本来の姿なのだ。我々は自然と跪《ひざまず》いた。

聖獣様はセレフィオーネの部屋の扉を静かに閉めた。

「ルー様！　お怪我は？　セレフィオーネは大丈夫なのでしょうか？」

ルー様は顔をしかめたまま頷《うなず》いてくださった。

「ルー様！　一体何があったのですか？」

ルー様は目を眇《すが》め私を見つめる。

「ルー様、教えてください！　セレフィオーネは何故《なぜ》あのように泣いていたのですか！」

ルー様が私を一瞥《いちべつ》して階段を降りようとした。私は這《は》いつくばってルー様の後ろ脚に追い縋《すが》った。

「お待ちください！　私は、もう間違いを犯したくないのです。娘が幼き頃、妻の死に腑抜《ふぬ》けになりセレフィーを大事にすることができなかった！　今度こそ寄り添いたいのです！」

そうは言うものの、ルー様の声は契約者でない自分には届かない。私は今更ながら非礼に気づき、両手をルー様から離し、呆然《ぼうぜん》と空《くう》を見つめた。

すると、ヌッと目の前にルー様の顔が現れた。そして一つ、頷いた。

私は慌てて立ち上がり、階下に降りるルー様に続いた。

たどり着いたのは私の書斎。ルー様は私にソファーに座るように促し、牙《きば》を剥《む》き、グルッと唸《うな》る。

私は覚悟を求められているのだと思い、静かに頷いた。

一瞬で間合いを詰められ、首筋に噛み付かれた。ルー様の魔力が流れ込む！

「う、ううう っ！」

何百本もの針で突き刺されるような痛みが襲い、全身が痙攣《けいれん》する。あまりの痛みに吐き気がし、思わず口元を押さえる。ソファーに倒れ込み頭を抱えた。

「はあ、はあ……うっ……はあ……」

時間の感覚がわからなくなった頃、おかしなことに痛みが馴染《なじ》み、うっすらと眼《め》が開けられるようになった。

『ほう、気を失わなかったか。大したものよ』

ルー様の……神と並ぶ存在の言葉が……頭に直接響く。

『我の魔力は穢《けが》れがあればあるほど毒となる。大人ともなれば誰《だれ》しも穢れが積もっておる。ましてお前は先の戦争で人を殺しているであろう？　この程度で済むとは、さすがセレの親といったところか』

「ルー様……」

声がかすれる。

『セレは我の魔力を雪山のように清涼だと言うぞ？　とても心地よいと。お互い様だな。セレは本当に……澄んだ娘よ』

「セレフィオーネ……」

『お前が我との会話を望むゆえ、魔力を与えた。この程度では一時的だがな。異存はあるか？』

「格別なる配慮、ありがたき幸せ」

『これから話すことは他言無用。父親だから伝えるのだ。お前との付き合いも長いからな……情が移った。良いな？』

「御意」

聖獣様と話すことのできる栄誉、そして最愛の娘の秘密がこれから明かされること、その両方に私は震えた。


私が情けないことにソファーから起き上がれずにいると、聖獣様はそれを気にする風でもなく、私の前で大きな身体を長々と横たえた。

『そうだな……結論から言うと、セレフィオーネは〈前世持ち〉であった』

「〈前世持ち〉？　ですか？」

『うむ……今日のところはあまりに憔悴《しょうすい》していたゆえ細かく聞き出すことはしなかった。泣きじゃくり、途絶え途絶えの話だった故、我の想像で行間を埋めるがそう大きく外れてもおらんじゃろうて。セレフィオーネは前の生の記憶を宿したまま生まれた。前世ではこの世界とは全く違う価値観の世界で、早逝したという。賢女であった故に神に召され……この戦ばかりの行き詰まった世界に転生させられたのかもしれぬな』

想像だにしなかった事実に、うまく相槌《あいづち》も打てない。

『セレは、その前世で予言の書を読んだという』

「予言……」

背筋が寒くなる。

『予言の書はこの世界について事細かに記してあったそうだ。この世界でセレフィオーネとして生を受けなおし、家族や我と出会い、厳しく自分を律し、膨大な魔力を以《もっ》てして、この世界の安定に寄与する……ここまでは、現状概《おおむ》ね予言通りのようだな』

「はい」

『問題はその先だ。予言では、魔法学院に行くやいなや、セレフィオーネは何者かの陰謀に陥り、それまで親しくしていた全《すべ》てのものに裏切られ……無残に殺される、とあったそうだ』

「そ、そんな！」

私は体を起こそうとしたが、またばたりと崩れてしまう。

『セレはその予言を我と出会ったあの雪の日に思い出した。それ以来、その運命を打破すべくあがい、そして常に怯《おび》えて生きている。いつ裏切られるのか、いつ殺されるのか。斬首《ざんしゅ》より残酷な死に目の予言に絶望し、諦《あきら》め、しかしなんとか道を作ろうともがく小さき童』

ルー様が当時を思い出すかのように遠くを見つめる。

「そんな！　そのようなこと許すわけがない！　セレフィオーネを脅かすものは私が自ら殺す。最愛の娘を守るために魔力を使わずして、いつ使う！」

ルー様が黙って私を見つめた。

「……まさか」

『お主も裏切るのだ。アイザック』

「そんな……セレフィーを裏切る？　私が？」

『ふん、安心せよ。お前だけじゃない。皆裏切る。ラルーザも、我もだ』

「……セレフィオーネは私が裏切ると信じているのですか？」

だから……何も相談してはくれないのか？　あんな苦しい顔をしながら笑うのか？

『信じているというより……諦めていると言ったほうがしっくりくるな』

「何故、どうしてそのようなことに！　ルー様！　どうかセレフィオーネをお助けください。ルー様におすがりするしか！」

『言ったであろう？　我も裏切るのだ。予言ではな』

目の前が……真っ暗になった。

『あれの心の奥には絶望と孤独が深く根付いている』

『……今日の話に戻そう。今日、ギルドの依頼で向かったトランドルと王領の境で、一人の娘に出会った』

急な話の展開にすぐにはついていけない。

『その娘を見るや否や、我は平常心を失った。全身でその娘を欲し、その娘の前に身を投げ出したい！　娘のためならなんでも叶《かな》えたいという思いが瞬時に湧《わ》き上がった。初見というのにだ』

「ルー様が、御心を、乱された？」

『ああ、心は熱く、娘を求める一方。頭は疑問だらけ。会ったこともない人間にここまで惹《ひ》きつけられるこの状況はおかしすぎる。我に何が起こっているのだ？　と。このようなこと、数百年生きているが初めてだからな』

「なんということ……」

『気づいたら、セレが我の目の前にいた。けがれなき涙をハラハラ流していた。そして、「ルーが苦しむところなど見たくない。あの少女の下に行っていい。契約を解除しよう。ずっと……好きでいる」、と』

「セレフィー……」

『我は、ようやく気づいた。これは罠《わな》だ。我とセレを引き離すための。我は自ら己の脚を食いちぎり、正気に戻った』

「…………」

『予言書によると、あの女に王族をはじめ力を持つ者全てが惚《ほ》れ込み、セレを断罪する。全てにおいて自分より優れ、聖女のようなセレは邪魔でしかないのであろうな。我はセレと契約を解消し、あの女にこの身を捧《ささ》げるそうだ。今、先程のことを思い起こすと、なるほど聖獣への並々ならぬ執着をあの女は口にしていたな』

「そんな……そんな……」

『セレは……我を解放しなければならないと思ったと言った。我の平穏のため、我と共に生きることを諦めた。ぐちゃぐちゃに泣きながらも笑った。寂しい、行かないで、大好きなのに、大好きだから、その心の声が契約聖獣の我には全て届いているとも気づかずに』

また……セレフィオーネは我慢をしたのか……。

『あの女が何者か？　聖獣や王家の力を手にした後、何を為《な》そうというのか？　あの術の正体は？　未知の部分が多すぎる。我をも翻弄《ほんろう》する術──お前たち人間などひとたまりもなく魅了されようの。しかし、見たところあの女、セレフィオーネほどの魔力量も資質も備わっていなかった。となると、あの女の後ろにまだ誰かいるのか……それは人なのか……』

ルー様は眼《め》を閉じ、物思いにふけられる。次の瞬間、目を開いたルー様は眉間《みけん》にグッとシワを寄せ、瞳《ひとみ》はギラギラと金に光り、強い意志が燃えていた。

『何であれ、許すまじ。我を嵌《は》めたことはもちろんのこと、セレフィオーネは四天の一獣である我が生涯唯一と定めた契約者。無垢《むく》な童の頃から手ずから育てた我が愛《いと》し子。大事に大事に見守り慈しんできたセレフィオーネをここまで追い詰め、界を跨《また》いで苦しめる存在。万死に値する』

ルー様の覇気が一気に上昇する。屋敷全体がミシミシと軋《きし》む。人間ごときの瑣末《さまつ》な事象に心揺れることなどない神が──常に水鏡のような凪《な》いだ心持ちであらせられる神が──激怒している。

『セレは我の魔力で眠らせている──セレは生まれて初めてあの膨大な魔力を枯渇しかけていた。我のためによほど急いで帰ってくれて、必死に治癒してくれたのであろう。朝まで目覚めまい。

……あれは聡《さと》い。明日になれば今日のことに折り合いをつけ、無理に笑って見せるだろうよ。アイザック、今後セレフィオーネを魔法学院に近づけるな。そして、マリベルなる女の正体と動向を密《ひそ》かに探らせろ。お前自身はたとえ窓越しであっても見るな。その瞬間に術に落ちるぞ』

「ルー様、せめてラルーザと、母上にはこの話」

『ならん。ラルーザもエルザも直情型、不自然な動きをして、相手に悟られるわけにはいかんのだ。不用意に近づき、術に搦《から》め捕られるやもしれん。それにセレフィオーネがここまで秘密にしてきた意味を軽んじるな。家族には出来るだけ自分の問題に巻き込まず穏やかであってほしいと願う、あれの気持ちがわからんのか？』

「私《わたし》どもは……セレフィオーネに心を守られていたと……」

『これからは、我とお主で守るのだ』

「ルー様……折り入ってお願いがあります」

ルー様が片眉《かたまゆ》を上げた。

「私が……もし私が術に負け、セレフィオーネを裏切った時は、私を殺してください」

『聖獣の我に禁忌を犯せと言うのか？　……ふん、それまでのお主の生き様次第だ』

もちろんだ。むざむざセレフィオーネを予言書の運命とやらに差し出すつもりはない。どんな不可思議な術をかけられようともそれを跳ね返す力を身につけなければ！　早急に！

『〈前世持ち〉だったとは。どうりで魂が老成しておったわ』

私があれこれ考えていると、ルー様と別の、荘厳な声が頭に響いた。同時に窓辺がまばゆく光り、大いなるオーラがもう一つ増えた。

ルー様が立ち上がり唸《うな》る。光が収まると……南の四天様。

『立ち聞きとはいい趣味だな、アス』

『しょうがあるまい。セレフィオーネのあのような悲痛な叫びを聞けば、我が主人も動かざるをえまいよ』

主人？　ギレン殿下か？

「どのような……意味でしょうか？」

アス様が私を一瞥《いちべつ》する。

『ギレンはセレフィオーネに魔力を譲渡している。ギレンの魔力を持つものは我を除き本人以外はただ一人。セレフィオーネの中のギレンの魔力がセレフィオーネの魂の苦しみをありありとギレンに伝えるのだ。〈契約〉者同士と似たようなものだ。ギレンほどの才能があることが前提だが』

「そのようなことが……」

魔力を譲渡するほどに……セレフィオーネに執着していたとは……。

『ここでの話、ギレンに伝えるのか』

『無論。答えを持ち帰らねばただではすまんよ。……セレフィオーネはギレンを人間に繋《つな》ぎ止める唯一の錨《いかり》。そのセレフィオーネを陥れようとする輩《やから》がいると知れば、激昂《げきこう》するだろうよ』

『無駄に動くなと伝えよ！　セレフィオーネが望まぬと！　今騒げばセレフィオーネがますます動

揺する！』

『フン、一応伝えるが……どうかな？　我はただの〈使役〉だからな……』

アス様は優雅に虹色《にじいろ》の羽を広げ、天井を突き抜けて飛び去った。

第六章　大切な仲間ができました

今後の人生を左右する怒涛《どとう》の事件の疲れを引きずったまま、休み明け学校に戻った。

「おーい、一時間目、闘技場で格闘に変更だー！　着替えて集合ー！」

コダック先生の声が響く。

「せ、セレフィー、更衣室に、行こ？」

「アルマちゃん！」

アルマちゃんから私に声かけてくれるなんて……………私の気分はちょこっと上がった。

で、闘技場に到着。格闘は全員必修。いざというとき武器が無い状態でも戦えなければ意味がないから。他《ほか》の武術は選択制。つまり武術において格闘のみが全員漏らさず序列がつく。

武術の授業は各々動きやすい服を着ている。大方着慣れた長袖《ながそで》長ズボンって感じでニックもその辺ブラブラしてもよさそうな格好だ。アルマちゃんはご兄弟のものなのか少し大きめの貴族がよく着ているカーキ色の稽古《けいこ》着《ぎ》だった。

私は当然忍び装束……ではない。綿素材の黒の長袖長ズボン。洗濯のしやすさ重視です。見た目はその辺に売ってそうだが、お兄様の防御魔法がこれでもかと張り付いている。

「年頃《としごろ》の女の子なんだから、かすり傷一つつけちゃダメだよ！」だそうな。

「ニック、こっちはマイスイートハートアルマちゃん。アルマちゃん、こっちは太陽の男ニック！」

「よろしく。セレフィーそのクダリ止《や》めろ！」

「こ、こちらこそよろしく。アルマとお呼びください。セレフィー私もそのクダリ勘弁して」

「え……お前んとこは……呼び捨てマズイだろ？」

「へ？　なんで？」

「おまっ、そんなことも知らないで……ってトランドル縁者には関係ないか。アルマ……さんのとこは代々近衛《このえ》騎士団長を輩出する武の名門マクレガー侯爵家だ」

「か、関係ありません！　私より数段強いセレフィーが呼び捨てなのに、私に敬称なんて恥ずかしすぎます！」

「うーん、そうかあ？」

近衛騎士団……マクレガー……侯爵？　私はアルマちゃんをマジマジと見る。

若草色の髪……すらっとした上背……キャラメル色の瞳《ひとみ》……。

「アルマちゃん、ひょっとしてプライドアホみたいに高くて槍術《そうじゅつ》大好き、ガードナー第二王子大好きのアルマちゃんみたいな髪の色したご兄弟、いる？」

「プライドアホみたいに高くて槍術大好き王族大好きな兄は三人いる。でガードナー第二王子大好きの私と同じ髪のやつはそのうちの一人で――あそこにいる」

アルマちゃんの視線の先を見ると――アルマちゃんをもっと大きくした上から目線で私を睨《にら》みつけている――知ってる顔がいた。

「はあ、双子なの。ゴメン、隣のクラスだけど私といると絡んでくるかも」

とうとう来た――およそ七年ぶりの攻略対象者との対面。

『セシル・マクレガー』だ。

昨夜のリストを振り返る。セシルは近衛騎士団長の孫であり第二王子と年が近いということで幼い頃から王子の取り巻き――もといご学友だ。侯爵家という家柄とそこそこの実力のためにひっじょーにプライドが高い。なんで実力はそこそこかというと、近衛騎士団は王族を守る集団。貴族の坊ちゃんが入るただのハクヅケ、名誉職。実際に前線で戦ったやつなんていないのだ。

お兄様、第二王子に続く第三のヒロインの攻略対象者――しくじった。みんな魔法学院に行くものと思い込んでいた。近衛希望ならそりゃ騎士学校だよ。不覚。

マリベルと遭遇したばっかだよ⁉　連投なの⁉　もうやだ……関わりたくない。

……でも、今更アルマちゃんと距離を置く？　無理！　アルマちゃんとはたった二人だけの女子同級生。嫌だ、初めてのこの世界の女の子の友達、離れたくない。

瞬時に小説での映像が頭に浮かぶ。

魔法学院で糾弾される私。セシルは私の髪を掴《つか》んで引きずり、私の顔を地面に押し付けた。

『お前みたいな残酷なやつ、殿下のそばにふさわしくない！』

『戦時の殺人が罪というならば軍事法廷で裁いてくださいませ。私は陛下の命令に従ったまで。戦場ではないこの場で何の罪もない女を痛めつけるあなたに罪はないの？　近衛とは最も気高い集団と聞いておりましたが？』

『血まみれな手のくせにぃ！　黙れぇ！』

人相が変わるまで殴られ、踏みつけられた。残酷で、バカな男……。

『セレ！　どうした！』

ルーが慌ただしく真剣な顔で駆けつける。つい昨日の後だけに、今日のルーは特に過保護だ。

息が……上がる……深呼吸をする。

「おい、めっちゃ恐ろしいオーラ出してるぞ？」

咄嗟《とっさ》の遭遇で、またしても気持ちをコントロールできなかった。思わず天を仰ぐ。

「ゴメン、ニック。アルマちゃんのお兄様に睨まれてつい過剰に反応しちゃった。私、売られたケンカは買うことにしてるんだ。誤解はとっとと解くに限るってね。アルマちゃん、私、お兄様と仲良くできないかもしれないいんだけど、いい？」

思いがけずアルマちゃんは笑った。

「私も仲良くないから気にしないで。ふふ、セシルを嫌いって女の子、初めて。ちょっと感動！」

あらよかった！　と安心すると、コダック先生がやってきて私の頭をポカッと叩《たた》く。

「何、殺気垂れ流してんだ！　ったく。ガス抜きだ。お嬢が一発目な。みんな集合！　今日は一年次合同で格闘だ。武器はなし。ギブアップか、落とすか、場外で終了。今日は指導しないから思いっきりやってみろ！　一組の一人目はセレフィオーネ！　二組、誰《だれ》が出る？」

「私が参りましょう」

もったいぶった態度でセシルが一歩前に出た。

私の表情をルーが覗《のぞ》き込む。

『リストの人間？』

「うん……後でね。アルマちゃん、私、今日眠くって手加減できないかも。ゴメンね」

「だから気にしないでいいよー！」

アルマちゃんがこれまでで最高の笑みで見送ってくれた！

「女……怖えよ……」

ニックのつぶやきを聞き流し、中央のコートに向き合う。

育ちの良さそうな生意気な少年が口の端を上げて笑っている。おんなじ顔なのにさっきのアルマちゃんのカワイイ笑顔と大違い。双子なのにアルマちゃんより上質な服着てるのは何故《なぜ》？　ますます腹立つ。アルマちゃんには私とお揃《そろ》いのを速攻仕立てよう。

現世のセシルに恨みはない。でも完膚なきまでに叩き潰《つぶ》す。二度と歯向かおうと思わないように。二度と私の前に顔を出さないように。私の保身のためよ？　ごめんなさい？

開始の笛が鳴るとともに私はダンっと跳躍した。百八十センチあるセシルの遥《はる》か上まで跳ぶと、加速をつけて落下し右足を大きく振りかぶりセシルの脳天に――かかと落としを放つ！

ズンッ！

一瞬でセシルの顔が地面にめり込む。着地した私はピクリとも動かないグリーンの髪をひっ掴みグイッと頭を上げさせ、首の脈を取った。

「生きてます」

「終了！　救護、セシルを医務室に連れてけ。セレフィオーネ、ちゃんと加減できるじゃねえか。みんなわかったな。この調子でサクサク行くぞ！　次！　………、………」

『……よく、我慢したな』

「ま、ね。でも……ホントは顔見るのもつらい……」

私《わたし》は自分のつま先を見つめる。

『つらい……か。ようやく吐露するようになったか……任せろ。オレがいたわってやる！』

ルーがなぜか優しく微笑《ほほえ》んだ。どして？

いたわるって言っても……所詮《しょせん》私に作り置きさせてるケーキを一緒に食べる、とかでしょ？


今日の格闘は思いの外時間がかかり、皆、一戦しかできずに一日が終わった。アルマちゃんは初対面で私に威嚇してきただけに強く、敏捷《びんしょう》な男子を安定した延髄斬《ぎ》りで一発ＫＯした。ただ動きが直線的すぎるかな？　バリバリ伸びしろあるから、この学校の四年間で変身するだろう。

ニックも相変わらずの強さ。三分間相手の攻撃をステップのみでかわし、ヘロヘロになったところで、右ストレートを顎《あご》に叩き込んで終了。

「マトモ過ぎてつまんないんだけど？」

「マトモなこともできるって見せときたかったの！」

とりあえず、私とアルマちゃんとニックは格闘という武の序列で二分の一の勝ち組となった。私たちの周りは静かになった――はずだった。

夕食時、私とアルマちゃんが寮の食堂に入ると、ザワワッと何故か、場がどよめいた。

「はあ……」

「どしたのアルマちゃん？」

「何でもない。セレフィー今日は魚の香味焼きか肉のグリルだって。どっちにする？」

「うわー。どっちも美味《おい》しそうで選べない。どーしよー！」

「ふふ、半分こしようか？」

「うわーあ！　アルマちゃん、嬉《うれ》しい！　半分こ、初めて！　ありがとう！」

生まれて初めての、お友達と半分こ！　私は今日の日を忘れない！

ザワザワザワ！

「セ、セレフィー！　声デカイよ！　大げさねえ」

「ゴ、ゴメン」

皆さまお食事中すみません。お騒がせしました。

コックから料理の載ったお盆を受け取ると、窓際の席にニックを見つけ、問答無用で相席する。

「ニックー！　いいでしょー！　アルマちゃんと半分こなのー！　どっちも食べられるー！」

あーこの半分こ記念のプレート、できることなら写真で残したかった！

「オレもどっちも食べてるけどな」

見ればニックはお肉もお魚も一皿ずつ、ようは二人前取っていた。

「くー！　その手があったかあ……」

「お前、半分こで喜ぶとか……案外苦労してんだな」

ニックが私の頭をヨシヨシする。するとまたしても周囲の空気がざわついた！　なんだなんだ？

「っち！　なんだよ、うぜーな。セレフィーお前がいるとゆっくり食べられねえ。あっち行け！　しっしっ！」

ガーン！

「ど、どうして？　私、なんかした？」

「アルマ、お前がちゃんと躾《しつ》けろよ。この無自覚女！」

「……はあ、セレフィー、あのね、一言でいうとセレフィーはすんごく目立ってるの」

「強いから？」

自覚しとりますので謙遜《けんそん》もしません。

「まあ、それもあるけど、女の子っぽいから」

「ぽいって何？　正真正銘女だよ！」

「違う違う、格好とか……仕草とかがね」

「はあ？　だって昨日アルマちゃんたちに教えてもらったから、部屋着じゃなくて制服のまんまじゃん。詰襟脱いだらちょっと肌寒いからカーディガン羽織ってるだけで！　このカーディガンだってたいそうなもんじゃないよ？　アニキが捕獲した数百匹の紅サソリの毒を一匹一匹手作業で抜いた後、残った殻を有効活用しようと白のカーディガンを染めてみたら、あーら不思議こんな優しいピンクに……」

「だ――っ！　もういい、もう喋《しゃべ》るな！　いいからサッサと食え！」

「ニック、大きな声出して行儀悪いよ？　あれ？　食欲無くなった？」

「…………」

「……ドンマイ、ニック」

「……サンキュー、アルマ」

お、二人が仲良くなってる？　良きかな良きかな。

私がニックの分もお肉をもらってウマウマ食べていると、不意にテーブルに影がさした。

一瞬で――鳥肌が立つ。もう私の前に立つ度胸、へし折ったつもりだったのに。気分は急降下。

「何か用？　セシル」

アルマちゃんが温度のない声で出迎える。

私の脇《わき》に立ったセシルは腕のいい治癒魔法師に診てもらえたのか、見た目は健康そのものだ。

「お前じゃない――グランゼウスに用がある」

カーッ！　家名呼び？　敢《あ》えて学校では誰《だれ》もしてないのに？　特権意識丸出し。私が眉《まゆ》をピクリと上げると、アルマちゃんが向こうを向いて肩を震わせている。怒ってる？　あれ、何でこのシチュエーションで笑ってんの？

「私、見ての通り食事中なんですけど、お急ぎの用ですか？」

私はもちろん食べる手を止めない。

「私、セシル・マクレガーは、本日の試合を不服とし、再戦を求める！」

モグモグモグモグ。全然急ぎの用じゃないじゃん。ニックと目が合う。スッゲー白けた目してる。アルマちゃんはとうとう体ごと揺れ出した。案外笑い上戸なのか？　モグモグ。

「おい！」

「……プハー！　ご馳走《ちそう》さまでした」

「お前、聞いてるのか？」

「ハイハイ聞いております。えっと私との試合に不服があり、再戦を要求するでしたっけ？」

「そうだ」

「無理ですね。悪《あ》しからず」

「なんだとー！」

セシルがバンと机を叩く。皿が揺れニックがギラリとセシルを睨《にら》む。尋常じゃない気迫にセシルは怯《ひる》む。当たり前だ。貴族は食べ物への平民の執着をわかってない。

「セレフィー、コイツマジでウザい。ちゃんと説明してどっか行ってもらえよ」

「はあ、ゴメン、ニック。セシル・マクレガーさん、あなたは一方的に不服があるようですが、あの試合には全く不正はなかったわけです。先生方が主審副審線審と三人もいらっしゃったのですから。まさか騎士学校の先生方の審判にケチつけるつもりではありませんわよね？」

「そ、そんなつもりはない、ただ、再戦を申し入れているだけだ。私は……不意を突かれたのだ」

「まあ、不意を突かれるなんて、実戦じゃなくてよかったですね。では私に今日の試合を抜きにして対戦を要求する、ということでよろしいかしら？」

「その通りだ！　正々堂々と勝負しろ！」

「不可能です」

「……お前、私を侮っているのか？」

「いえ、ただのルールです。ご覧ください」

私は胸元から――今後冒険者として生きていく上で命の次に大事なプレートを取り出した。

「マジか……」

ニックがつぶやく。

「ああ……ホンモノだ……きれい……」

アルマちゃんがため息をつく。

「私はトランドルギルドのシルバーランカーです。学校の授業は例外として、ブロンズ以上のランカーに対戦を申し入れるときは最低一つ下位のランカー、つまり私との対戦の場合ブロンズ以上であることが条件。そして正式な中立ギルドの立会いを準備すること、最後に申込金を用意すること――私の場合は百万ゴールドですがそれが規定です。真剣を使いますし命を落とす可能性もありますしね。まあセシル・マクレガーさんでしたらはした金でしょうが」

一気に話して喉《のど》が渇いた。温かいお茶を手に取り一口飲む。はーおいしい。

「この条件が満たされましたらお声がけください」

「………」

これ以降、私の服装に？　ケチをつける人はいなくなった。なので私はどんどん緊張感がなくなり、たまには部屋着で朝食を取り――エリスササラねーさんコンビにゲンコツを喰《く》らうようになる。

そして――

「と、隣いいかな？　セレフィオーネ……さん、アルマ」

「せ、セシル？」

私、アルマちゃん、肩乗りルーは目をまん丸にし、スプーンをかちゃんと落とす。

――私はなぜ若草色の頭に挟まれて朝ごはん食べてるの？

「今日も……いい天気だね」

「…………」

完璧《かんぺき》に追い払ったはずだった！　完膚なきまでに叩きのめしたよね？　身も心も！

「ステキな……食べっぷりだ……」

何故《なぜ》に懐かれた⁉

「今度その……稽古《けいこ》して……もらえないかな？　今度はぎゅーっと私の頭を君の小さな足で地面に押し付けて……あ、アルマも一緒でいいから……」

Mなのか？

◇　◇　◇

紅葉の舞う季節、さあ今からお昼ご飯、レッツ食堂！　という時に、窓の外がピカリと光った。

伝達魔法。紙飛行機の形をしてる。エンリケは蝶《ちょう》だからグランゼウスからのものではない。でも伝達魔法は受取り手に魔力がないと開かない。

やっぱり、私宛《あて》だよね。さりげなく窓の外に手を出しそれを掴《つか》む。魔力を流し、膝《ひざ》の上で開く。

『放課後、武道場に来られたし』

お呼び出しだ！　来たあああ！

憧《あこが》れのシチュエーションだわ。体育館の裏で不良に「最近生意気なんじゃないのー」って締められるのか？　いや、ひょっとしたら「せ、セレフィオーネさん！　ず、ずっと好きでした！　付き合ってください！」って告られるんじゃないのー！

キャー！　二度目の人生にしてようやく……よよよ。

「セレフィー、ニヤケてて気持ち悪い。食堂先に行くよ」

「ま、待ってアルマちゃん！」

「セレフィオーネくん！　待ちかねたぞ！」

私は肩をガックリ落とす。おっさんかいっ！

お呼び出しはアベンジャー将軍閣下でしたー！

『残念だ、セレ』

ルー、頭の上でプルプル震えないでくれる？　笑ってるのモロバレだから。

閣下の本日の装いは軍服ではなく、白シャツにカーキ色のズボン。あれこれ肩の凝る肩書きが取れた姿は案外若い。

「入学して早いものでもう半年、いや八ヶ月か？　学校は慣れたかな？　お友達はできたかい？専攻は何にしたの？　今日は付き添いいないよね？」

「おかげさまで慣れました。スイートハートな友達と太陽しょった友達ができました。専攻は弓です。短剣と片手剣は見学に行った日に免許皆伝もらいました。おばあさまは今日は来ていません」

絶対最後の質問だけが重要だったよね。

「そうかい、よかった……」

ほら、気の抜き方がハンパない。

「では、セレフィオーネくんはどの程度魔法を使えるのかな？」

「基本の四つと生活魔法は父に教わっております」

後天の魔力持ちという設定ではあるけど、私《わたし》は魔力のグランゼウスの娘。全く鍛えていないというのは嘘《うそ》っぽい。父の存在を匂《にお》わせるのも忘れない。そして、さりげなく、建物周辺に魔法の網を張る。誰《だれ》か近づいたら即座に気づくように。

「そ、そうか。では魔法はある程度、使える状態と思って、進めていいんだね」

「はい！」

「素晴らしい！　では早速、私の考える魔法と剣の融合の最たるものを説明しよう！」

ドキドキワクワク！

「それはズバリ魔法剣士だ！　魔法剣士とはこのような片手剣に魔力を纏《まと》わせて、威力を増し、その剣を振るうことで魔法を発生させ、相手を攻撃する、というものだ」

「え？」

「イメージが湧《わ》かないのも無理はない。実際にしてみよう。行くよ！　それ！」

閣下が自身の片手剣に魔法をかけた。水だ。剣が若干青みがかり、ポヨンっと潤う。

「この剣を振るうと、それ！」

閣下が素振りをする。キンっと剣が鳴り、ピチョリと水しぶきが舞った。

「どうだい、美しいだろう？　これがもっと魔力を持つ魔法師の術であれば、剣を振るった瞬間波が敵を襲い押し流すだろう。たった一人の兵士で百人分の働きができるようになる」

「『……………』」

「水魔法を発展させると雷が起こせるらしい。雷の魔法剣は夢だね。一瞬で数キロ先の敵まで感電させて気絶させられるだろう。敵も味方も血を流さず、命を奪わず勝利することができるんだ！はあ、命あるうちにその域まで到達したいものだ」

アベンジャー将軍閣下の瞳《ひとみ》は少年のようにキラキラしてる。

『セレ……もう教えてやれ。いたたまれない』

ルーが辛《つら》そうに天井を見上げる。私はひっそりとため息をつき、顔を上げた。

「閣下」

「ん？　少しは伝わったかな？」

「大変、申し上げにくいのですが」

「なになに？」

「すでに数年前に実用化しています。それ」

「へ？」

私がアニキの魔法大会を例に説明すると、アベンジャー閣下ががくりと膝をついた。

「あの試合は秘密でもなんでもなく、大勢の観客の前で行われました。だから剣に雷魔法を纏わせる発想は既に周知されてるかと。まあでも見るものが見なければわからない可能性もありますが」

「し、しかし、魔法剣は魔法を使えるだけではダメだ！　卓越した剣技を持っていなければ！」

「それは言えてます。ですが学院にも武術の才能を持つもののもいるのです」

「いるのおー？」

「──うちの兄、誰の孫かわかってますか？」

「──エルザ大佐」

アベンジャー閣下が泣きそうだ。

「当時の魔法大会で言えば、ベスト4の皆さんであれば、魔法剣を使っているでしょうね。学院と新しい技術の共有とかないのですか？」

「ははは、ないね。どちらかというと秘匿される。同じ国防を担っているというのに……君たち若い世代に恥ずかしいよ」

ちょっと閣下が可哀想《かわいそう》になった。

「とりあえず、閣下の夢、叶《かな》えてあげるから！　元気出して！」

私は太もものホルダーから短剣を取り出し、右上に振り上げて雷魔法を纏わせた。

ギュイーン！　黄色の火花が短い刀身を覆い隠す。

「雷だ……」

「行きますよー、そーれ！」

私はサッと剣を振り下ろす。

バチバチバチバチ――――ン‼

武道場中に雷撃の雨が降り注ぐ――閣下と私とルーのいるところを避《よ》けながら。

「う、美しい……」

閣下の瞳からポロリンと涙が零《こぼ》れ落ちた。

◇◇◇

「はじめまして！　騎士学校四年、エリスと申します！」

「はじめまして。同じく騎士学校四年、ササラと申します」

「は、はじ、はじめまして！　一年のアルマ、と、申しますっ！」

「ふふふ、はじめまして。ようこそ我がトランドル邸へ。エルザ・トランドルよ。いつもセレフィオーネがお世話になっています」

晩秋の休日、私はおばあさまに召喚された。お茶会すっから、いつもお世話になっている女子仲間を全員連れてこい！　と。しかしモフモフのいる私と違い、他の皆さまにしてみればトランドルは案外遠い。それにササラさんは毎週末孤児院に行き、妹分弟分の世話でお忙しいのだ。その話をおばあさまにすると、おばあさまが王都のトランドル邸に出向いてくれた。

おばあさまはニコニコと笑いながら、無遠慮に私の友人たちをジロジロ見る。

「おばあさま？　挨拶《あいさつ》も終わったことですし、客間にお通ししても？」

「あなたたち、セレフィオーネに聞いたのだけど、普段は制服だけで過ごしているらしいわね？」

その話っぷりからして、制服で過ごしていることがお気に召さない様子のおばあさま。

三人にギロッと睨《にら》まれる。いや、自分を含めての話をしただけだよ！　っていうか、この話、どこがおばあさまの地雷だったのかさっぱりわかりません！　先輩方もわかんないくせに、私を忌ましい目で見るのやめてえ！

「私の後輩というのに……情けない」

パンパンとおばあさまが手を叩《たた》く。するとおばあさまの使用人の女性たちがササササッと現れた。

あなたたちの動き……ただのメイドじゃないよね。

「時間がないわ。作戦開始よ！　取り掛かりなさい！」

「な、なに！」

「きゃー！」

「せ、セレフィー！」

三人はおばあさまの配下になすすべもなく連れて行かれた。

うわーお！

客間に戻ってきた三人は、今から王家の舞踏会？　というくらいＭＡＸに着飾られていた。

まずエリスさん。濃紺のマーメイドラインのシンプルなドレスに銀のハイヒール。首回りと耳はサファイアで飾られ、漆黒の髪一部だけ頭のてっぺんで結われ、残りの髪は直毛を活《い》かし胸元まで下ろしている。

次、ササラさん。こちらはゴージャスでボリュームのある深紅のドレスに同色のハイヒール。クルクルくせ毛の金髪は上手《うま》いことスッキリ編み込まれ、むき出しの耳と首のルビーが映える。

トリ、アルマちゃん。上は白、スカート部分は黒のＡラインドレス。いたってシンプルだけど、総レース！　黒のハイヒールにアクセサリーは髪とお揃《そろ》いのエメラルド！

化粧も込みで、レベルの違う美しさ！　甘さだけでなく凛《りん》としている。

「スゴイ！　ステキ！　三人ともカッコいいです！」

三人は困惑を隠せずに自分が身につけさせられたものをキョロキョロ観察する。

「何が何やら……」

「私、汚しても、弁償できないっ！」

「こんな美しいもの……初めて……」

パンパン！　とおばあさまが手を扇で叩き注目させる。

「いいですか？　この装いが好きか嫌いかなど知りません。これは私が見立てたあなた方が一番映える装いです。髪の結い方、化粧方法、アクセサリーのつけ方、きちんとマスターしましたか?」

「「は、はいっ!」」

「いいですか、これは女の言わば特攻服です。エリス、あなたがもし王女の護衛についた場合、甲冑《かっちゅう》のまま煌《きら》びやかなパーティーに行けて?」

「いいえ」

「隣国の舞踏会に参加して、秘密裏に情報を探るとき、ササラ、軍服で収集できる?」

「いいえ」

「夫婦役で敵のテリトリーに潜入したとき、アルマ、ドレス姿で立ち回れて?」

「……できません」

「そういうことです。女が騎士になるということは、男と同じことができるうえで、女にしかできないことも完璧《かんぺき》であらねばならないのです。男と同じなら男でいいの。男と女、二人分働いてこそ、女の価値が上がるのよ」

そういうことだったんだ。思えば幼い頃《ころ》から忍び装束での特訓以外にもドレスのままで狩りや的当てをさせられた。ドレスの中から短剣や手裏剣を取り出す仕草、スパイ映画のようで私は嬉々《きき》として楽しんだけどね。あーでも湖に落とされたときはドレスの重みに沈んで、もう一回どこぞの世界に転生だ……って覚悟したっけ。ルーが咥《くわ》えて引き上げてくれたけど。

「では、庭に出ましょう。ドレスに隠せる大きさの武具を選びなさい。十五分全力でマンツーマン。それを二セット。セレフィーも入って。あ、少しでもドレスや化粧を乱したら、時間を零《ゼロ》に戻すわよ。ハイ、走る！」

「はあ？」

「うわーん！」

「エルザ様……凛々《りり》しい……」

「まあまあね。では、休憩がてら優雅に私にお茶を入れてちょうだい。――こら！　膝《ひざ》にきてるからってカクカク歩かない！　背筋！　ソーサーに溢《あふ》れていてよ！　マズイ！　温度考えてるの？」

「茶葉、このくらい？」

「うわーん！」

「エルザ様……ステキ……」

「今から、二杯のお茶を飲んでもらうわ。一杯は毒を盛ってあるの。どちらか当てて？　あ、大丈夫よ。この毒飲んでも明日動けないだけ。耐性がついて秘密任務をしやすくなる」

「やばい……クラクラしてきた……」

「ひぃぃー！」

「エルザ様が入れたお茶……ゴクゴクゴクッ！」

あれ？　私も昔、おばあさまのお茶を飲むたびに体調崩してたよね。

『ああ、セレには九種の毒が仕込まれてるぞ。死ぬ量ではなかったから止めなかったけど』

そこ、絶対止めるとこだったからあー！

「みんなすっかりくたばったわね。はい、ここで自然な笑みを浮かべてごらんなさい。これができないと帰れなくてよ」

「に、に、ニコっ？」

「ひひひ？」

「お、おえええ！」

「そんな引き攣《つ》り顔で、敵味方欺けると思ってるの？　全然ダメ！　外周十周してらっしゃい！」

「「「うわーん！」」」

『セレ……女騎士とはここまで大変なのか？』

「わたしゃ冒険者志望だから知らん……」


「先輩方、アルマちゃん、お疲れ様でした」

すっかり魂の抜けた三人に、私《わたし》はおばあさまの用意していたお茶とクッキーを給仕する。

「大丈夫、毒味しました！」

「そ、そう？」

恐る恐る口をつけるエリスさん。

「みんな、いいこと？　一ヶ月に一度ここに来て、今日のおさらいをすることを命じます。私の納得するレベルに達するまで続けます。これは決定事項です。いいですね？」

「「「はい」」」

「エリスとササラは卒業しても当分通うこと。そして任務ごとに王都の中心にあるマーカス商会を訪ねなさい。必要なドレスや装身具を見繕ってくれるでしょう。今日あなたたちの仕度を手伝ってくれた中に、マーカス夫人がいたのよ。もうあなた方の顔は覚えてもらっているから、飛び込みで行っても心配ないわ」

「で、でも……私には……マーカス商会に行けるようなお金も……身分も……」

ササラさんが俯《うつむ》いて言い淀《よど》む。マーカス商会はジュドール王国のファッションの最先端。そして価格も最先端。常に予約待ち、一見《いちげん》さんお断りの超高級店。確かに入りにくいよね。

「ふん、私の後輩ともあろうものが怖気《おじけ》づくんじゃありません！　私たちがどれだけマーカスを儲《もう》けさせてやったと思ってるの。モノトーンも、ワンピースを上下に分けたのも、パジャマも、どれも私たちのアイデアです。私に全《すべ》て任せなさい。女のドレスは戦闘服。惜しんでいては勝てません！」

「ですが！　施しを受けるわけには！」

「ドレスに使うべきお金は孤児院で役立てなさい。そしてキッチリ期待以上の仕事をして、妹弟たちの希望になりなさい！」

「……はい」

「エリス！　あなたも将来神殿という閉ざされた空間で生きていくのならなおのこと、世俗に精通し、敏感でなければ信徒の悩みを理解し寄り添うことなどできません。私の名を使い、月に一度は山を下りなさい」

「……はい！」

私はササラさん、エリスさん、そしてアルマちゃんのことは本人から聞いたことしかおばあさまに伝えてない。おばあさま、皆さまの背景を勝手に調べたのね。

――まあでも立場上しょうがないか。そして結果三人ともおばあさまのお眼鏡に適《かな》ったのだ。

「こんな……美しいもの……着てもいいのね……」

アルマちゃんがポツリと呟《つぶや》く。

「美しいものを着て、背筋を伸ばして、戦いなさい！　私の命令です。そう言ったほうがあなたたちには言い訳になって良さそうね。若者には葛藤《かっとう》がつきもの……ふふふ」

おばあさまが扇で優雅に口元を隠す。

「今日のこのお茶会は一切他言無用。女は一つ二つ秘密があったほうがいい表情が出来るの」

今日はお茶会のお誘いだったと思い出した。でも、実情は地獄の特訓となんら変わらなかった。

寮に帰るときにおばあさまが、

「三人とも、これを身につけていれば誰《だれ》が後見についているか一目でわかるでしょう」

そう言って、ホワイトゴールドに貴石をはめ込んだ髪飾りを三人それぞれに手渡した。皆恭しく受け取り、キラキラした目でうっとりと眺める。

「……ルー、あれって」

『うん、中に微量の液体入ってる』

寮に帰り次第、あの髪飾りの取り扱いを〈チームエルザ〉にレクチャーしなければ……。

死人が……出る前に……。

最後の最後におばあさまの家で飲んだお茶、私のものだけ毒入りだった。通算十種類目。今回は毒を飲んだ！　と認識してしまったからか、カラ元気を出す気もおこらない。一応寮に戻ったものの、起き上がることが出来ず、今日は学校を休む。

ベッドの住人の私。窓の外はシトシト冷たい雨が降っている。冬がやってくる。

「全くエルザ様もとんでもねえな……。ほら、解毒剤」

コダック先生が様子を見に来てくれた。

「先生ありがとう。でも解毒剤は止《や》めとく。昨夜あれだけきつい思いして、体に馴染《なじ》ませたのに、毒消ししちゃったら元も子もない」

はあ、とコダック先生はため息をつき、私の頭をわちゃわちゃ撫《な》でる。

「お嬢も真面目だな。昼は消化のいいものを運ばせるから、一日しっかり寝てろ」

先生に聞くところによると、エリス、ササラ先輩とアルマちゃんは元気に登校したそうだ。私は身内だからいいとして、勝手に他所《よそ》さまの子供に毒を盛って、後遺症でも残ったら投獄だから……、ね？　おばあさま？

私は一人、天井を見て過ごす。私は『野ばキミ』の世界では欠かすことのできない人物だけど、リアルではただの女子中学生もどき。毒殺される恐れなんてないっつーの。私が小説ガラミで殺《や》られるとしたらそんなひっそりなわけがない。派手に公開処刑だよ。

不意に部屋に力のあるオーラが充満した。私は右手を布団から出して、幻術、認識阻害、防音魔法をかける。

『セレ、珍しいね。具合が悪いのか？』

私は顔だけ動かして、久々の羽毛モフモフに挨拶《あいさつ》した。

「アス、久しぶり。雨だから羽が濡《ぬ》れたんじゃない？」

アスの眉間《みけん》（？）にシワがよる。

『……セレがこんな状況なのに、ヤツは何をしている』

「ふふ、ルーは私が昨夜あんまり吐いたから、だるまの泉？ の水を汲《く》みに行ってくれてる」

『ドルマの泉か……まああれを飲めば落ち着くだろう。とりあえず応急処置だ』

アスは私の胸に飛び乗った。重さなど感じない。そしてポロリと一粒片方の目から涙を落として、私の唇を湿らせる。スーッと身体が軽くなる。

「アス、ありがとう。さすが〈不死鳥〉ね」

『……よく知ってるな。我の首を落としてそこから血を飲めば不死になれるぞ？ 試すか？』

私はなんとか身体を起こし、ベッドの背に寄りかかって座った。

「やめとく。ひとりぼっちで生き延びても虚《むな》しいだけ」

『賢明だな。さすが〈前世持ち〉だ』

「聞いたの？」

『盗み聞きだ』

「開き直ってるし」

私はマジックルームからクッキーを取り出して右手に乗せて差し出す。ケーキは出さない。バレたとき、聖獣対聖獣の大戦が勃発《ぼっぱつ》する！

私がこれ以上動くことのできないことを察したアスはベッドの上でモフサイズになり、クッキーをくちばしで咥《くわ》え、私の胸元でムキュムキュ食べる。

この世のものとは思えない美しい七色の羽を撫でられる至福を感じながら、再び窓の外を眺めた。雨はますますひどくなる。私のルーは大丈夫だろうか。ずぶ濡れのルーを思い描いて、はあ、とため息をつく。

『セレ』

私は止まった手をまた動かして、アスの羽毛を何とは無しに整えながら、アスと目を合わせる。

『ギレンが皇帝になった。第一皇子も前皇帝も蟄居《ちっきょ》した』

「……速っ！」

『予言書よりも？』

小説では陛下が二十五歳、私が十五歳の時に即位した。そして二十七歳でジュドールに侵攻。私はその戦いの中、断罪され、陛下に請われ十七歳でガレ帝国に亡命。十八歳で母国の捕虜となり魔力を吸いつくされて——やがて死んだのだろう。

小説より二年弱ペースが速い。これは小説からズレたことになるのか？　結果的に皇帝になったのだからシナリオ通りというべきか？

「……陛下は、星に早々なる即位を願ったのかしら？」

『ガレに君臨することは時期の早い遅いがあれど、ギレンの力があれば決定事項だった。星の力に頼るまでもない』

「確かに」

では、あの時何を願ったのだろう。天才の考えることなど凡人にわかるはずないか。

「陛下は、お変わりない？」

『相変わらず、強い。誰も寄せ付けぬ』

誰も寄せ付けぬ……か。もう現人神扱いね。今では前世同様の氷の瞳《ひとみ》になってしまっているだろうか？　皇帝という立場、事情はどうあれ自分で望んだのだから、結果の孤独も甘んじて受け入れているだろうけど……そうね、せめて……。

私はベッドの脇《わき》に置いている小物入れから、青い石のネックレスを取り出した。この石は前回帰省した折にアニキからもらった採掘土産。この世界では特に価値がないけれど、前世では絶大な人気のパワーストーン、ラピスラズリ。和名、瑠璃《るり》。その石に〈幸運〉〈金運〉〈平常心〉のおまじないをかけて作ったお守りがこれ。どんな〈術〉〈魅了〉〈補正〉にも惑わされないように祈って、パパンとアニキとルーに渡した。私の分を改めて両手でソッと包み念じる。石はほのかに光った。

「これ、私の自作のお守り。陛下に皇帝即位のお祝いですって渡して」

そう言ってアスの首にかけた。

『これは？』

「前世で幸運を呼ぶと言い伝えられてる瑠璃っていう石。そして、石の上の紐《ひも》には小龍《しょうりゅう》様の抜け殻を少し編み込んでる。ちょっとだけ金運があがるよ。あ、でも陛下は金運いらなかったね。そもそも陛下に手に入らないものなんてないか。いらないみたいだったらアスがもらって！」

『セレの魔力が染みている。身につけていたのか？』

「うん、綺麗《きれい》でしょ？　あ、見て！　この石、あの日の夜みたいな濃い群青。金の筋が入って、流れ星みたい。そう思わない？」

『……確かに』

「ねえ、今日、アスは陛下の即位を告げに来てくれた、でいいの？」

『約束の十年まであと二年だと、親切に教えに来てやったのだ。もうすぐ十四歳になるのだろう？』

私が六歳だった出会いの魔法大会から八年。私を迎えに来ると宣言した十六歳まで約二年。

「あの約束って、まだ有効なの？　もう皇帝陛下だよ？　位の高い賢姫、美姫《びき》よりどりみどりでしょ？こんな小娘いらないでしょう？」

まあ、もれなく駄モフはついとりますが。

『無論。ギレンの隣で寛《くつろ》げるのはお前だけだ』

褒められてる？　さりげなく心臓の強さをディスられてる？

「二年後ね……ふふ、そもそも私、生きているのかしら」

心に思いついたまま呟くと、アスがスッと両眼を眇《すが》めた。

『――セレ、今のようなこと、口が裂けてもルーに言うでないぞ。〈契約者〉の天命でない喪失は我々の魂をも喪失させる。ほのめかすだけで、穏やかではいられない』

「ルーに言うわけないじゃん。アスだから、ボヤいたの」

『セレ……お前は十六で決して死なん。ギレンがお前を脅かす敵の前に大きく立ちはだかるさ』

「アス、皇帝陛下はそんなに暇じゃないから。人の世に疎すぎるよ」

『疎いのはお前だ。ギレンにギレンの欲しいものを与えられる人間は、この世にお前しかいないんだよ、セレ』

魔力のことでしょう? 前世からだもん。わかってますって……。

◇◇◇

騎士学校に入れば、少しは楽に息ができるようになると思っていた。でもストーリーの始まったマリベルに脅かされ、ヘーカは早々に皇帝になり、無関心ではいられない事柄が起こる。

今後に備え、私《わたし》は力とお金を急ピッチで貯《た》めなければならない。

これからの人生で、マリベルと次に出会う時、私はその瞬間に国を出る。海を渡り遠くへ遠くへ。

それは私とルーと父の緊急事態における決定事項。誰《だれ》も私を知らない土地で冒険者として一人で生きていく。生きていれば、父とルーと……兄とおばあさまと会える日がいつか来る。

学業の合間にギルドに出向いて依頼を受けて、コガネを稼ぐ。そのお金を使って、将来冒険者になったときのための、テントや雨衣、武具にその手入れ道具を購入し、〈マジックルーム　一人暮らし〉に積み込んでいく。本当に使いやすいものは結構値がはり、貯金はあっという間に底をつく。

パパンに言えばいくらでも援助してくれるだろう。だけど、未来がどう転ぶかわからない状況ではパパンにもお金を蓄えておいてもらわないといけないのだ。もし、小説通りに〈補正〉されたら——断罪された娘を出した一家が無事で済むはずがないのだから。

ゆえにまた、依頼を受ける。

たまにルーに飛び乗り遠駆けする。希少な素材を将来のために集めて回る。国内はあらかた行き尽くした。

国外で収集するためには国境を越える必要がある。私はアニキと違ってチキンなので密入国なんて絶対無理。国境を越えるには当然面倒な手続きが必要で、貴族令嬢が度々国外に出るというのは、あらぬ疑いをかけられかねない。今、悪目立ちして、『私はここだよー』っと合図を出すことはない。

行き詰まった。

これがAランクの冒険者であれば、ゴールドプレートを見せるだけで国境を越えることができて、詮索《せんさく》なしにあらゆる国に入ることができる。Aランクであれば今よりもっとギルドの報酬も増えて、買い物をするときもAランク優遇の価格で購入ができ、危険を伴う薬品類も購入可能になる。

前置きが長くなりました。はい、お馴染《なじ》みのトランドルギルド！〈筋肉上等〉の看板増えてる。

私、セレフィオーネ・G、Aランクへの昇格審査を受けに来ました！

「たのもー！」

「よく来たな、セレフィオーネ」

ジークじいがニッコリ出迎えた。

「準備は整っている。己の力を見せるがよい」

道場に入ると、試験官としておばあさまがシルバーグレーのドレスを着て優雅に座っていた。その隣にジークじいが向かう。ルーはひらりと私の肩からジャンプし、おばあさまの膝《ひざ》に着地した。

基本、審査も対戦相手も身内は行えない。しかし認定の厳しいトランドルゆえに現在S級、A級は数えるほどしかおらず、ましておばあさまが私に手ごころを加えるなど誰も思わなかったので、ギルドの幹部会が了承したらしい。そもそも自分の孫に強くなるためなら毒を盛る人だからね。

そして、対戦相手はS級、ギルバートさん。ギルバートさんもトランドルの——冒険者の頂点に立つものの一人になっていた。

ギルバートさんがいつも通り、優しい瞳《ひとみ》で私を見る。

「セレフィー、全力で来い!」

私はこくんと頷《うなず》いて、両手に短剣を握った。

「お嬢ー! 頑張れー!」

「セレフィーちゃーん! ファイト～!」

「お嬢! 一発で決めろー!」

「セレフィー! 行けー!」

目の端にマットくん、ララさん、コダック先生、最近トランドルギルドデビューを果たしたニックなどのギャラリーが見える。Ｂ級以上の昇格審査はギルドにとってとてもおめでたいこと。ゆえにギルド員なら観戦ＯＫだ。ギャラリーごときで気を散らされる上級ランカーなどいない。

「始め！」

ギルバートさんが長い片手剣を抜いた。ギュッと握りこむとブルンと刃が震え青く冴《さ》える。魔力を剣に流しているのだ。ほら、アベンジャー閣下！　ここにも魔法剣士いましたよ！

二歩で私の方に踏み込んでブワリと右手を狙《ねら》ってきた。後方にジャンプしてかわす。剣の長さとリーチの長さを見誤り、私の頬《ほお》から一筋の血が流れ、そのまま凍る。ギルさんの刀身から雪が舞う。

マジカッコいい！　氷じゃなくて雪ってとこがクール！　絶対私もこの技使えるようになろう。

相手が雪なら――ベタだけど――私も短剣に魔力を流し、術を纏《まと》わせた。

ジグザグにダッシュし、ギルさんの左脇《わき》に回り込み、喉元《のどもと》に蹴《け》りを入れる。両腕でガードされたところに間髪を入れず、私の右手の短剣でギルさんの剣に力を入れて打ち込んだ。

ガチーン！　ジュー ッ！

私の短剣は火魔法を流し高熱状態。ギルさんの雪の剣は一気に蒸気を発する。あたりに霧が立ち込める。私は右手を振り抜いて、今度は両手の短剣でギルさんの剣を挟み、さっきと逆、左に刀身を倒す。

パキーン。

雪の剣は高熱のナイフ二本による急激な温度変化と負荷に耐えかねて折れた。

「くっ！」

霧の中、ギルさんには私が見えない。私は暗かろうが霧だろうがなんでも見通せる赤外線スコープ的な新作便利魔法を使ってますが、何か？

音を立てずにジャンプし、ギルさんの肩に座った。いわゆる肩車状態。

「せ、セレフィー！　何処《どこ》から⁉」

私はギルさんの首に両足を絡ませて締める。前世で言うならば柔道の三角絞め、立ったまんまバージョン。なんでこんな技知ってるかって？　前世で泣きながら私の後を追っていたかっわゆーい弟は、十数年後、丸刈りのモッサい柔道少年になり、姉は送迎と応援に明け暮れたのだ。

右脚の膝の角度を変えて、さらに締める。

「ギルさん、降参？」

「違う！　この技は、マズイ！　止《や》めろ！」

まだしゃべる余裕あるの？　顔は真っ赤だけど。私は右腕も回してガッチリホールドする。

「どう？」

「どう？　じゃない。今度は胸まで当たってる！　ヤバイ！　殺される！」

失礼な！　ギルさんを殺すわけないじゃん！　でもまだ決定打になってないみたい。私は左腕をギルさんの顔に回し、視界を塞《ふさ》いだ上で首を左に倒して落とそうとした。ギルさんの顔が私の胸に押し当たる。

「セレフィー！　これ以上ひっついてはいか――ん‼」

ギルさんなぜ絶叫？　ギャラリーがとうとう騒ぎ出す。

「おい、ギルバート、何が起こってる！」

「クソっ！　霧で何も見えねえ！」

「セレフィオーネちゃん！　セレフィオーネちゃん！」

「せ、セレフィー！　しっかりしろー！」

いやニック、私、かなり正気だけど？

「ま、まおうに、こんどこそ、ころ、さ、れ、る……」

ギルさんは唐突に私もろとも、ドーンと後ろ向きに倒れた！　お尻《しり》イッターい！

「セレフィオーネ！　今すぐ霧を晴らしなさい‼」

おばあさまの切羽詰まった大声が響く。なんて珍しい。もう何が何やら……。

私が静電気のような雷魔法を空気中に流すと、すーっと霧が消えた。

私はぶっ倒れたギルさんの首に両手両足絡ませて絞めたまま、おばあさまとジークじいを見上げた。だって昇格したいんだもん。ホールドキープしとかなきゃ。

おばあさまと、ジークじいは真っ青な顔をしている。

「どうかしたの？」

試験官の二人は私とギルさんを交互に見比べて――急に鬼のような顔で殺気を放ちだした。

「セレフィオーネ、ギルバートから離れなさい！」

「へ？　だっておばあさま、まだ決着が……」

「いいから‼」

おばあさまがあまりに語気を強めて言うからしぶしぶギルバートさんを解放した。ちっ、せっかくうまく一本勝ちできたと思ったのに。

私が離れるやいなや、観客席のコダック先生がありえないスピードでジャンプし、気絶しているギルさんに飛び蹴りした！　ワオ！　生ヒーローキック！

ドカーン‼　ギルバートさんは壁にぶち当たる。

「ギルバート！　お前お嬢に何してくれてんだコラ‼」

「はあ？」

いや……気絶してるだけじゃないの？

いつの間にか、マットくんもニックもララさんもそばに駆けてきた。みんな地の人相が悪いからそんなに怒るとマジ怖いって！

「ギルバート、見損なったぞ！　お嬢の脚で、脚で首を絞めてもらうなんて！」

「ギルバートさん！　オレ、尊敬してたのに！　セレフィーの胸に、胸に……」

「イヤー！　セレフィオーネちゃんの妖精《ようせい》のお顔に、き、傷が！」

「――どけ」

きゃー！　大魔神ジークじい降臨‼　また背中に竜巻背負ってるぅ！

大魔神ジークは気絶したギルさんの首ねっこを掴《つか》むとズルズルと外に引きずっていった。

「…………おばあさま、ルー、どういうこと？」

「はあ……セレフィーちゃん。先ほどの絞め技は今後禁じます」

『セレのため……ではない。皆の平和のためだ』

さっぱりわからんけれど、私は念願のAランク、ゴールドプレート保有者になった。

……なんで？　なんで素直に喜べないの？

◇◇◇

年が明けると、四年生は卒業に向けて慌ただしく動き出す。卒業後の進路を決め、足りない単位を追試で取り、武術で免許皆伝を手に入れてないものは一発逆転を狙って特訓する。

そういった諸々《もろもろ》の厳しい試練を乗り越えれば——卒業ダンスパーティーがある。騎士学校の大きな講堂をホールに変え、パートナーを一人同伴し、軽めのお酒と美味《おい》しい食事を取りながら、踊り、卒業を祝うのだ。

「セレフィー、アルマ、お願い！　ダンパ手伝って！」

残り少なくなったパジャマパーティーでエリスさんがバニラアイスを食べながら言いだした。やっぱり真冬にあったかい部屋でアイスクリームは至福だね。

「え、スタッフ足りてないんですか？　まあ受付くらいならできますけど……」

ササラさんはサッパリレモンシャーベットを食べながら苦笑する。

「うちの学年、ヘタレばっかでさあ。外部の女の子を誘えないんだって。だからダンス要員」

ダンスはトランドル邸でみっちり仕込まれているから問題ないけれど。

「ササラさん、なんで最後の晴れの舞台にゴッい騎士学校の後輩となんて踊りたがるの？　外部にはかわいい女の子がいっぱいいるでしょ？」

アルマちゃんがストロベリーアイスを食べつつコテリと首を傾《かし》げる。

「そーですよ。騎士学校の制服を着れば、男子も二割増しにかっこいいじゃないですか？　将来有望だしモテモテでしょ？　モグモグ」

私《わたし》はチョコレートアイス。

「今を逃すと〈宵闇《よいやみ》の妖精《ようせい》〉と〈孤高の白百合《しらゆり》姫〉と踊る機会なんて二度と来ないからなんだってさ！」

ブッ！　と勢いよくアルマちゃんがお茶を噴き出した。

「アルマちゃん、またステキな二つ名つけられちゃったね……」

「誰《だれ》が……なんで……？」

「まあ、正直私たちも二人じゃ……心許《こころもと》ないのよ。だからお願い！　私たちの学校最後の思い出に付き合って！」

エリスさんとササラさんが二人揃《そろ》って私たちに手を合わせる。大好きな二人のお願いを、私とアルマちゃんが断れるはずがない。

というわけで、卒パ用のドレスを作るために、王都中心部のマーカス商会にやってきた。おばあさまに事前に連絡を入れてもらったので、私たちの貸し切りのはずだ。

「……アルマ、マーカス商会なんかに出入りする気か？」

なーぜーか、セシルが店の前で待ち伏せしていた。

「セシル……何？　見張りなの？　安心して。マクレガーのお金なんて使わないから」

アルマちゃんもトランドルでDを取った。そして学業に差し障りのない程度に採取系の依頼を受けて、しっかり稼いでいる。まあマーカス商会でお金使わせる気はないけどね。

「ち、違う！　マーカスは破格なんだ！　私はアルマが恥をかいてはいけないと思って……」

「ツケでしか買い物したことない人に心配されたくない」

「う……」

「ちょっと、ここで揉《も》めるのは目立つわ」

ここは王都のメインストリート。ササラさんの言うとおりだ。私たちはしょうがなくセシルも連れて店に入った。

「セレフィオーネ様！　皆様！　お待ちしておりました！」

栗色の髪を頭のてっぺんでまとめ、茶色のシンプルなドレスでふくよかな身体を包み、首からメジャーをかけている抜け目のない焦げ茶の瞳《ひとみ》の中年の女性を筆頭に、数人の女性が待ってましたとばかりに腰を九十度に曲げている。

「マーカス夫人、スタッフの皆様、こんにちは。今日はよろしくお願いします」

「こちらこそ！　お嬢様方。この度は卒業ダンスパーティー用だということ。華やかで動きやすいものがよろしいと思います。サンプルをこちらにかけておりますので、奥にどうぞ」

色とりどりのドレスや装飾品が並べられたゴージャスな空間に、初めて訪れたエリスさん、ササラさん、アルマちゃん、そしてセシルは圧倒されている。

もちろん私のデザインしたパジャマたちもかなりのスペースを使い陳列されていた。

「冬の新作パジャマの売り上げはどう？」

「順調です。こちらが売上表になります。お嬢様、ご高齢のお客様が前ボタンのパジャマが欲しいとおっしゃっているのですが」

「なるほど。言われてみればそのほうが脱ぎ着しやすいか」

私と夫人があれこれデザイン画を描《か》いて相談していると小さく声がかけられた。

「あ、あの……」

「ササラさん。ベースのドレス、決まりましたか？」

「セレフィー、私……一番安いのでいいわ」

ササラさんは──慎《つつ》ましい。素晴らしい美徳だ。大好きだ！

私は、マーカス夫人に視線をやる。夫人も心得たとばかりに頷《うなず》く。

「ササラ様、それは困ります。ササラ様にはうちで一番の衣装をお召しになっていただかなければ！」

「でも……」

「まず、トランドル様の命令もありますでしょ？　そしてササラ様には私どもの広告塔にもなってもらわなければならないのです」

「広告塔？」

「左様です。ササラ様は失礼ですがご自分の価値をわかっていらっしゃらない。ササラ様はエリス様と共に十二年ぶりの騎士学校を卒業される女性騎士。これからの凛々《りり》しい軍服姿、どれだけの注目を浴びることか！　お二人とも騎士として優秀である上に、お美しいのですもの。そして後見は剣姫《けんき》エルザ様。ササラ様、エリス様はまさに貴重な宝石の原石のようなお方なのです」

「まさしくその通りだ……」

なぜかセシルが相槌《あいづち》をうつ。

「そのササラ様が我々のドレスを着る。どれだけの経済効果があると思いまして？　ササラ様の身につけるものには全《すべ》てマーカスのMを刺繍《ししゅう》させていただくつもりですの。ササラ様、私と一緒に商いを致しませんこと？」

「商い？」

「はい。損はさせませんわ。だってササラ様のバックにはとっても怖いお方がいらっしゃるのですもの。あ、パジャマのフワフワのハギレで香り袋を作ろうと思っているのですけれど、お知り合いに内職してくれるお子さんとかいらっしゃらない？」

ササラさんは困ったように笑った。

「わかり……ました。内職も……ありがとうございます」

ササラさんはようやく割り切ることができたようで、エリスさんとアルマちゃんの輪に加わった。

「さすがね、マーカス夫人。ありがとう、ササラさんに言い含めてくれて」

「いえ、言い含めてなどおりません」

私はピクリと右眉《まゆ》を上げる。

「ササラ様は本当に我々……平民の希望の花なのです。何の後ろだてもなく、お金もなく、決死の努力で騎士になり、その立場に驕《おご》らず、孤児院の子供たちの面倒を見続ける……我々のような金儲《かねもう》けしかできない商人にはとても眩《まぶ》しい……」

マーカス夫人が目を細めて、生地を手に取り華やかに笑うササラさんを見つめる。

「そう。今の言葉が真実ならば、後ろだてのないササラさんが不当な圧力で窮地に立たされて、私が駆けつけられないときに、マーカス商会がササラさんを助けてくれる？」

「ご命令ですか？」

「命令のほうが動きやすいの？　じゃ、命令」

「次期トランドル領主、セレフィオーネ様の命とあらば」

その肩書き……今使うとこなのか……。

私の初めての同性の友人の三人。皆がいればこそ、運命を忘れ、騎士学校で無邪気に過ごすことができた。私はやがて国外に出て、二度とササラさんに会うことはないかもしれない。

少しでも……ササラさんのお役に立てたなら……嬉《うれ》しい。

「お嬢様のドレスはいかがなさいますか？」

「うーん、三人の色味を見てから考える。まあ今回、私はオマケみたいなもんだから」

「断じて違うぞ！」

セシル、まだいたの？

四人ともダンパ用のドレスを選び終わり、採寸したあと、マーカス夫人からお茶とお菓子をもてなされた。流石《さすが》、羽振りがいいだけあって、お茶もお菓子も超一流だった。

ルーは時折耳をピクピク動かして、聞き耳をたてながら、私の足元で昼寝中。

ワイワイと女子トークで盛り上がっていると、急に表が騒がしくなった。

「ちょっと失礼します」

マーカス夫人が応対に席を立った。なかなか戻らない。

クローズの札のかかった高級服飾店に強引に入り込む客に少し興味がわき、女子はそっと店頭を覗《のぞ》き見る。そこにはいかにも勝気そうな、金髪縦ロールの少女が、お付きの女性を三人引き連れて、夫人に何か言い募っていた。

「すごい……あの髪型、ザ・ドリルだ……」

「ドリルって工具の？　セレフィーよくドリルなんて知ってるね？」

ササラさんが驚く。

「髪の毛一本乱れのない縦ロール。ザ・ドリル貴族ってとこ？　アルマ、あれ誰《だれ》？」

エリスさんがアルマちゃんに問うが、

「すみません。わかりません。面識なくて」

「侯爵令嬢が知らない貴族令嬢ってアリなの？」

「私、貴族令嬢らしいこと、何一つさせてもらったことがないんで……」

ついつい私たちは冷たーい視線を、お菓子を優雅に楽しむ侯爵令息に浴びせる。

「ひ、ひぃ、すみません！」

セシルが慌ててそばに駆け寄り、私たちの視線の先を覗き込む。

「彼《か》の方は……」

「知ってるの？」

「彼の方は、ガードナー第二王子の婚約者、イザベラ・バース侯爵令嬢です」

……私の代わりに……ポンコツ王子の婚約者になってくれたお方……。

「セシル、王家フリークをここで披露してみせてよ」

アルマちゃんが低ーい声で促す。

久しぶりにアルマちゃんに話しかけられて、セシルは喜色満面だ。

「イザベラ様はガードナー殿下の一つ年下、私やアルマと同い年の十四歳です。現在学院の一年に在籍中です。確か魔力測定は普通級で、風魔法が得意だと聞いたことがあります」

「殿下との仲はどうなの？　よろしいのかしら？」

「えー……」

「「「セシル！」」」

「が、学院に、魔力が超上級の平民が特待で入学しまして——殿下はその女子生徒に大変興味をお持ちで——最近はあまりイザベラ様とご一緒にいることがないような……」
マ、マリベル来たあああ！　まさか！　まさかセシルが役に立つ日が来るなんて！

「セシルはその超上級の生徒さんと会ったことがあるの？」

「せ、セレフィオーネ様に話しかけられるなんて……はい。殿下のお茶会で！」

「え、婚約者がいるのに他《ほか》の女子呼んだの？　ドリル貴族立場ないじゃん！」

マトモのど真ん中をいくエリスさんが呆《あき》れてる。

「呼ばれて城に行く平民もスゴイわ……貴族の家に行くのはエルザ様の家だけで充分」

ササラさんの身体が急に小刻みに震える。

セシルはリスト対象者。私たちの想定ではマリベルに骨抜きにされたはずだ。

「セシルの感想聞かせて。どんな方だった？」

「まあ、ただの平民ですね」

「出た。セシルの貴族至上主義！」

「アルマ！　違う！　私が言いたいのは、特に記憶にも残らなかったと！　何やら騎士なんてスゴイとか、将来は団長ですねとか持ち上げられましたが、学校生活で強くもないことは身に染みておりますし、団長は長兄がなるだろうし、全く心に響かないというか……」

「つまり？」

「皆様方に感じるような、踏み潰《つぶ》してほしい！　めちゃくちゃにしてほしい！　という感情が微塵《みじん》も起こらなかったのです。ササラ様、決して平民をバカにしたわけではありません！　お怒りなら、どうか、どうか、罰してください！　蹴《け》って！　ぶって！」

「「「……………」」」

特に、記憶にも、残らない？　そんなことありえるの？　マリベルと直《じか》に接しておいて？

これって、ひょっとして……

『かかと落としか？』

ルーが呆然《ぼうぜん》とする。私《わたし》と目が合うと両前脚で必死に頭を隠す！

かかと落としで脳にダメージが入り、〈補正〉が効かなくなったってこと？

これは――一回検証すべき案件だよね？

『セレ、待て、待ちたまえ。ウエイト！　ストップ！　アイザックとも話し合おう！　もしセレのかかと落としで、オレが、えむ、になったらどう責任取るつもりだ！』

「ルーならMでも大好き！」

『いや……しかし……』

そこにマーカス夫人が戻ってきた。

「どんな具合ですか？」

「はあ、さるご令嬢なのですが、オートクチュールは予約でいっぱいでお引き受けできないとお断りしても、負けられない相手がいるのだ、なんとかしろ！　と鬼気迫るものがありまして……」

「殿下も……罪作りね」

エリスさんが首を振る。

「私、心底〈魔力なし〉でよかった。貴族の社交に出さないでくれたお爺様《じい》に初めて感謝だわ」

そうか、アルマちゃんは侯爵令嬢。婚約者になる可能性もあったんだ。

いろいろな人を間接的に救ってくれているイザベラさん……早めに恩を返しとこうかな。

「マーカス夫人、私に任せてくださらない？」


「初めまして、私、弊社の筆頭デザイナーのフィオと申します。お嬢様、この度はご希望に沿えず、申し訳ありません」

「だから、なんとかしてちょうだい！　代金なら二倍、いえ三倍払うわ！　なんとしてもあの女よりも素晴らしいものを着て、殿下のお心を取り戻さなければ！」

「お金の問題ではないのです。お針子が圧倒的に足りませんの。誠に申し訳ありません。お詫《わ》びと言ってはなんですが、こちらに掛けてある既製品を、この私、筆頭デザイナーがお嬢様だけにアレンジします。世界にたったひとつのドレスになりますわ？　いかがでしょう？」

「筆頭デザイナー？」

「はい。モノトーンシリーズは私がデザインしました。筆頭デザイナーがお嬢様だけに！」

「まあ……」


「ピンクやフリルで競ってはなりません！　お嬢様の華やかなお顔が引き立つように、ドレスは引き算です。パフスリーブもダメ！　濃紺のシュッとしたラインでいきましょう！」

「でも、貧相ではなくて？」

「貧相ではなく清楚《せいそ》です。お嬢様がお召しになるだけで、質がいいものということはわかりきっているのですから！　そして、このスカート部分に大胆にスリットを……ビリッ！」

「きゃあ！」

「マーカス夫人、スリット部分をレースで覆って頂戴《ちょうだい》。チラリズムです」

「チラリズム！　素晴らしい！　お嬢様、間違いなく新しい流行が今始まりました！　お嬢様は時代の最先端ですわ！　ああ、フィオ様素晴らしい……」

「そ、そうなの？」

「装身具はパールがベストです。きっと素晴らしいものをお持ちでしょう？」

「え、ええ……」

「お化粧も、もっとベースを丁寧に、そして、目元をベージュで柔らかく……」

「まあ……」

「……」


「セレフィオーネ様、ありがとうございました！　満足してお帰りになりましたわ」

「セレフィーすごい！　魔法使いのおばあさんみたいだった」

「ああ……セレフィオーネ様、強いだけでなくなんと多才……イザベラ嬢に情けをかけられる懐の深さ……、はっ！　この間発足したセレフィー・アルマ同好会に報告案件だ！　メモメモ」

「まあ……王子の婚約者って立場はなかなか孤独なんだよね……推測だけどね。だから、せめてステキなドレスを着て、王子の同伴がなくても堂々と歩いてほしい」

まともな化粧をして、ドリルを解いたイザベラさんは、普通のいいトコのお嬢さんだった。魔力はそれほどなかったから、戦争に担ぎ出されることはないだろう。私のように、『人殺し』となじられることはないと……信じたい。

王子の婚約者としてのプレッシャー、非協力的な王子ゆえの無力感、孤独。あんな思い、他《ほか》の誰《だれ》かにさせるつもりなんてなかった。誰かの犠牲の上に幸せになろうとする――私。

許して……イザベラさん……。

◇◇◇

卒業に向けてバタバタと過ごす大事な二人の先輩たちが、少しでも快適に楽しく過ごすことができるように、私とアルマちゃんはあれやこれやと気を配る。だって私たちは一緒に笑って、泣いて、怒って、毒飲んで、毒飲んで、毒飲んだ戦友なのだ。

でも、ちょっと嬉《うれ》しいお知らせもある。エリスさんは軍の王都駐留の部隊に、ササラさんは軍の情報本部に入隊することになった。エリスさんはこの一年でいろいろな考えに触れて、学校からダイレクトに神殿に仕えるのではなく、もう少し世間を知り、実践を積み、人脈を作ってから神殿に入ることにしたらしい。人脈は、おばあさまが押さえてるだけで十分な気もする……。

二人とも王都勤務だから、たまに女子会をすることはできるのだ。バンザーイ！

とうとう明日は卒業式。卒業生は卒業式の後、一切の猶予なく、新天地に配属されていく。

自由なのは今日の、卒業ダンスパーティーまで。

今日の私たちのドレスはマーカス夫人と私の自信作！　四人で色違いだ！

瞳《ひとみ》の色をベースにしたドレスは、エリスさんは海のような落ち着いたブルー、ササラさんは明るい性格のままオレンジがかった朱色、控えめなアルマちゃんはアイボリーとチョコレート色のツートン、そして私は白黒のモノトーン。

私たちは騎士学校の生徒、残念ながらあちこちにアザや刀キズがある。だから首元は綺麗《きれい》に鎖骨が見えるライン、袖《そで》も八部丈、極力肌は見せていない。スカート部分は踊りやすいようにたっぷりと生地を使った。そして両脇《りょうわき》は同じ色味のレースを太ももより下に差し入れて、イザベラ様の時閃《ひらめ》いたチラリズム。

エリスさん、ササラさんは先ほどから仲の良かった四年生の男子諸君と代わる代わる踊っている。初めは恥ずかしそうにしてたけど、なんてったって二人とも運動神経抜群！　今は心底ダンスを楽しみ優雅にクルクル回っている。パートナーの皆さんは……夢見心地だ。こんな美女と踊れる機会なんて二度とないぞ！　順番ジャンケンに勝ち上がれ！

アルマちゃんも、講堂のど真ん中でステップを踏んでいる。アルマちゃんのパートナーの順番待ちもかなりの列だ。はあ、上背があるとダンスが映えるなあ。

「おい、セレフィオーネ！　プログラム補充しろ！」

「ふあーい」

そんな戦友たちを少し遠目に眺めながら、なーぜーかー受付嬢の私！　真横ではコダック先生がギロリと見張っている。

「先生、そんな怖い顔で見張らないでも、私、逃げません！」

「あ、ああ、お嬢を見張っているわけじゃない」

「そーなの？　じゃあ入場者も一段落したから、パーティーに参加してきていい？」

「ダメだ！　踊るとは、異性と手を繋《つな》ぎ、腰に手を回し、力を預け、至近距離で談笑することだ」

「当たり前じゃん」

「魔王に殺されるだろっっっ‼」

わけわからん。

「はあ、じゃあ、食べるだけ」

「オレが後で美味《うま》いもんたらふく食わせてやるから大人しくしてろ！」

「もう！　わかった！　受付だけならドレスなんて邪魔なもん着ていたくない。ちょっと制服に着替えてきます！」

「ダメだー！」

「はあ？」

「鑑賞の権利だけは魔王から学校が死ぬ気でもぎ取ったんだ！　少しは勇気を称《たた》えてやれ！」

ますます意味不明……。

宴もたけなわ、盛り上がりをみせる会場を尻目《しりめ》に、受付はもう入場する人もなく、超暇。

「先生、眠気覚ましに少し散歩してきていいですか？」

「また雪が降り出してるぞ?」

「大丈夫」

コダック先生は自分のマントを脱いで私に纏《まと》わせた。

「まあ、退屈だよな。閉会までには戻れよ。気配は絶つな! いざという時駆けつけられないから」

私は小さく頷《うなず》くとマントのフードを深くかぶって外に出た。ストッとルーが足元に降りる。

『どこに行くの? セレ』

「どうしようか……屋上でいい?」

私とルーはタンッと講堂の屋上に跳躍した。

屋上は雪が三十センチほど積もっていた。ハイヒールの足元が滑らないように自分の進む道筋だけ温風で溶かす。一段高くなっている柵《さく》沿いまで行くと雪を払って、そっと座る。

真下から華やかな音楽が漏れ聞こえてくる。空を見上げると、雪がチラチラ舞う向こうに、冬の星座が瞬いている。オリオン座は——この世界にはなかった。

『セレ、残念だったね』

「まあね。しょうがないよ。アルマちゃんみたいに可愛《かわい》くないし、男子には武術でやっつけ過ぎて敬遠されてるしね。それに……そもそもダンスにはいい思い出がないの。だから、いいんだ」

小説の私は——いつも壁の花だった。ガードナー殿下は愛《いと》おしそうにマリベルと踊り、王子の婚約者である私にダンスを申し込む度胸のある男は誰もいなかった。

今日、楽しく踊れたら——過去の苦い思い出を上書きできるかも、と思ったけれど。

イザベラさんが苦しんでいるのに、呑気《のんき》にドレスを仕立てたりしたから、バチが当たったのかな。

『……セレは美しいよ』

私は夜空を見上げたまま小さく笑う。ルーの身内びいきに救われる。

——唐突に屋上にエネルギーを纏った一陣の風が吹く。

ルーが私の前に躍り出て、成獣サイズになる。私も立ち上がり魔力を引き上げる。

風があたりの雲を蹴《け》散《ち》らし銀の月が輝く。やがてそれは渦を巻き、つむじ風となって真っ白な粉雪をグルグル取り込む。月明かりが反射し——光り輝く繭《まゆ》となり——その繭から、月の使者のごとき銀髪を煌《きら》めかせ、漆黒の軍服を着た堂々とした男が降り立った。

私は目を見開いた。

圧倒的なパワーを見せ付けながら、私に向かってゆっくりと歩いてくる。私とルーの目の前まで来て……ありえない！　膝《ひざ》をついた……。

ルーがそっと脇によける。

男は私の手を取りキスをした。

「踊っていただけますか？　我が姫」

低い、胸に響く声、忘れられないアイスブルーの瞳。口の端を上げて小さく笑うこの人は、かつての恩人——そのもの。

「ギレン陛下……」

私《わたし》がいつまでも呆然《ぼうぜん》としていると、陛下は眉間《みけん》に皺《しわ》を寄せ、勝手に立ち上がった。

久しぶりのギレン陛下は見上げるほどで、最後にあったときよりも数段逞《たくま》しく――王者だった。

陛下は目を細めると、左手で私の頭を覆うフードを後ろに払い、右手でマントを留める襟元のホックを外し、それを剥《は》ぎ取り後ろに放った。

「あ！」

「婚約者の前で他《ほか》の男のものを身に纏《まと》うのは感心しないな」

急に外気に晒《さら》され私はブルっと震えた。すかさず陛下は自分のマントを広げ、私を懐の中に入れる。すると――あまりの身長差に頭の上まですっぽりくるまれて視界は真っ暗。私は上に向かってもがく。ようやくマントから顔を出すと、覗《のぞ》き込むブルーの瞳と目が合った。

「陛下、デカすぎ！」

「そうか？」

二十四歳の陛下は――小説で私を兵器として欲し、使い潰《つぶ》したときと同じ姿になっていた。あれ？　でも、サラサラロングで冷たい雰囲気を醸し出すのに一役買っていた銀髪が――短く刈り込まれている。そして、額から目頭を掠《かす》めて左耳の下までザックリと傷痕《きずあと》がある。こんなものなかった。私はそっと手を伸ばした。

「どうしたの？」

「……弟に寝込みを襲われた」

身内に……裏切られる……胸がギュッと締めつけられる。

「……わざと傷を残したの？」

「いや。誰《だれ》も処置しなかっただけだ」

「なにそれ？　こんなに赤い！　まだ痛いはずですよ！」

私がつま先立ちで傷を手で包み込もうとすると、陛下はすっと屈《かが》みこみ私を左腕に抱き上げた。

私は傷を右手ですっぽり隠し、（痛いの痛いのー陛下に斬《き》りかかった奴《やつ》に飛んでけー）と念じる。

思春期になり、声を出してのおまじないがちょっと恥ずかしくなりまして……。

ポウっと右手が光り、ゆっくり手を離すと、傷はかなり薄くなっていた。そっと傷をなぞる。

「セレ……」

「時間が経《た》ってるから傷痕が残りました。もう！　この傷一センチズレてたら失明でしたよ！　なんで治癒魔法師に診せなかったんですか？」

「……魔力が有り余る俺《おれ》をこうして心配し、惜しげも無く魔力を注ぎ癒《い》やしてくれるのはセレだけだ。他のものはせいぜい傷が祟《たた》ってくたばれ、ぐらいにしか思っていない」

そんな……。

「ふっ、そんな顔するな。俺が簡単にやられると思っているのか？」

陛下が抱いていない右手で私の顔を包み込む。

「今度から……怪我《けが》したら、私のところにすぐ来てください」

陛下がゆるく微笑《ほほえ》む。

「セレの望みなら」

下界の音楽がアップテンポの曲からスローなバラードに変わった。

「そうだ。踊らなければ、な」

「ん？　陛下、そういえばなんでこんなところに来たの？　そうだ！　皇帝襲名？　おめでとう？」

「ふん、心の全くこもってない祝い、ありがとう。ここに来たのはセレと踊るためだ」

「はあ？」

「俺がセレのファーストダンスを他の男に譲るわけないだろう？」

私はそっと下に降ろされると手を取られ、もう片方の手を腰に回された。ゆっくりな音楽に合わせて陛下は穏やかにステップを踏む。陛下の歩むスペースは瞬時に雪が溶ける。私の白黒モノトーンに繊細なレースをあしらったスカートがフワリと広がる。

月光の下、白銀の世界で二人きり。雪の花びらとともにふわふわと舞う。

身体は自然と陛下のリード通り動くものの私は何がなんだかわからずに、視線でルーに助けを求めたが、ルーはいつのまにか来ていたアスと話し込んでいてこっちに全く注意を払わない。

「セレ、婚約者とダンス中に他所《よそ》を見る奴があるか」

…………は？

「へーカ、さっきからその婚約者ってなんのことですか？」

ギレン陛下は自分の首元に手を差し入れ、何かを取り出した。

私の――ラピスラズリのネックレス。

「身につけて……くださってるんですね。顔に怪我を負ったのはネックレスをつける前？　後？」

「前だよ。皇帝になる前だ。このネックレスを身につけてからは……大きな危険はない」

「よかった……」

私はホッと息をつく。

「異性に、自分の身につけているものに魔力を込めて贈る意味は知ってるか？」

意味？　悪い予感しかしない。

「プロポーズだ」

「えええっ!!」

「よもやセレからプロポーズを受けるとは！　もちろん俺の返事はイエスだ」

「違う、違います！　私が無知なだけなのー!!」

私が真っ赤になってアワアワしていると、ギレン陛下は上を向いて声を上げて笑った。イタズラが成功した子供のように。

よかった。まだ陛下の心は小説ほど凍りついていない。十センチヒールを履いた私の頭はちょうど陛下の胸の位置で、そっと胸に耳を当てると、トクトクと当たり前に鼓動が聴こえた。

そうしていると、陛下はいつのまにか足を止め、私を包むように抱き、私の頭に頬《ほお》をのせた。

「セレ、約束の時までまだ猶予があるが……今すぐに攫《さら》おうか？」

「え……」

「お前を苦しめる全《すべ》てから解放してやる。俺に堕《お》ちてこい」

――陛下はアスを通じて、私の現状を正確に把握している。

またも、この人ってば、私に居場所を作ろうとしてくれる。こんなにも優しい人を、どうしてみんな助けてくれないの？

「陛下……ありがとう。まだ……まだ大丈夫だから。それに、ジュドールにある何もかもを捨てる勇気なんて……今はないの……」

小説と違って。私は弱くなったのだろうか。目の前のギレンの服をギューっと掴《つか》む。

ふう……と、陛下が私の頭の上でため息をついた。陛下は私の腕を引き、再び踊り出す。

「セレ、俺もお前に何か贈ろうと思ったのだが、既に一級のものを伯爵とトランドルから与えられているだろう？」

私はこくんと頷《うなず》いた。

ギレン陛下は首元からもう一度何かを引っ張り出した。これは――プレート。プラチナだ。

陛下は一枚外し、目の前に捧《ささ》げ持った。強烈な水色の光が炸裂《さくれつ》し、プレートに吸い込まれる。

「これを持っていろ」

ありえない！　プレートは命の次に大事なもの！　そして二枚セット！　バラされるのは死んだ時だけ。

「ダメ！　プレートはギレン陛下だけのものじゃない！　ご家族のものでもあるでしょ！」

「俺には家族などいない」

ああ……迂闊《うかつ》なことを言ってしまった。皇族《みうち》同士で殺して、殺されかけて、生き残った人。血まみれでしか生き抜けなかった境遇のギレン。小説も今世も孤独な人。私も知る孤独。

私ばっかり、今世では一抜けしてしまった。

「だが、俺にはセレがいるだろう？　立派な婚約者が」

——私に骨を拾えと言うの？　その権利を持つ家族は私だけだと？

陛下は私の襟元からさっさと私のゴールドのプレートを取り出した。そしてそのチェーンを外し、自分の一枚を私の二枚で挟み込んだ。

私の首にズッシリと重みがかかる。三枚まとめて握りしめると、陛下の風魔法がベールのように私の全身を包む。

命を……預けられた。

ここまでされて、ギレン陛下にとって私が『特別』であると気づかないほどバカじゃない。

ああ……私は……私だけは、たとえ力になれずとも、未来永劫《みらいえいごう》、誠実であるとともに、あなたの味方であることを、誓う……。私の方が長生きする未来ならば、必ずあなたの躯《からだ》を見つけよう。

俯《うつむ》く私の両肩を陛下が掴んだ。

「セレフィオーネ……、猶予通りしばらく待つとしよう。しかしあと二年経たずともセレがこれ以上魂に傷を負った時は、力ずくでガレに連れ帰る」

「…………」

「俺は治癒は使えない。セレが俺にするように癒やすことを、俺はできない。俺の唯一のセレが傷つくたびに、無力感に苛《さいな》まれる」

中腰になり、視線を合わせてくれる。

「傷を負う前に呼べ。いいな」

ギレンの気持ちに胸がつまる。涙が浮かぶ。堪《こら》えろ私！　唇をギリっと噛《か》んだ。

ギレンは大きく目を見開き、両手を回しきつく私を抱きしめた。頭の後ろに大きな手を差し込んで私を上向かせる。おばあさまの髪留めがカシャリと落ちて、私の黒髪が風で踊った。

「……俺のために泣くのは」

ギレンは私の涙を優しく吸い取った。

「……お前だけだ」

そのまま、覆いかぶさるように、口づけた。

ファーストダンスにファーストキス。私の身体にまた、ほろ苦い魔力が流れ込む。

身を寄せ合った私たちを、再び降り出した優しい雪が静かにそっと包み込み、刹那《せつな》の二人の世界をひっそりと守った。


やけに眩《まぶ》しくて目を覚ます。瞬時に昨夜のギレンを思い出し、顔が熱を持つ。そっと指で唇に触れ、もう片方の手でプレートを取り出す。指先にギレンの魔力がジワリと滲《にじ》む。夢じゃなかった。

ベッドから起き上がりカーテンを開けると、雪に朝日が反射して真っ白！　キラキラだ。

その未踏の雪原のような運動場でルーが楽しそうに走り回っている。その様子を見て出会った運命の日を思い出す。ルーとの試練の日々が脳裏を過《よぎ》る。

ねえ、ルー？　私たちめっちゃ頑張ってきたよね。魔法に武術、体力作り、必死に習得してきた。

たくさん笑ってちょっぴり泣いた。ルーにはばれちゃったけど。

悲惨な死を回避したくて、ひとりぼっちになるのが怖くて必死に頑張ってきただけだけど、いつの間にか、お父様、お兄様、おばあさま、グランゼウスやギルドのみんな、学校の友達、大事な人に囲まれていた。ギレン陛下とも……再び出会えた。

私を大事にしてくれるみんなのおかげで騎士学校にも入学できて、A級冒険者となった。

私は今、とっても恵まれていて……幸せだ。

ルーと出会って、ルーが私を愛してくれて、未来が変わった。

これから何が起こるかなんて予測不能だけど、このまま、乗り切ってみせる！　絶対死なない！

理不尽で意地悪な運命なんかに負けない！

私は〈四天の一獣〉ルーダリルフェナと一心同体で、日本の前世と小説の前世という二つの記憶を持つ（？）転生令嬢。このままモフモフとモフモフな冒険を志す！　目指せプラチナランカー！

目指せ還暦！

窓辺の私に気付いたルーが私に向かって吠《ほ》えてくる。

「ルー‼」

私は窓から大きくジャンプして、雪まみれのルーに体当たりした。ルーがポフンと受け止めてくれる。ルーの毛皮は既にお日様の匂《にお》いがしみ込んでいた。

『セレ！　おはよう。どーした、そんなにはしゃいで？　まったく、まだまだ子供だなあ』

お前もな‼

私《わたし》の親友、私の相棒、私の半身！　私のルー‼　ルーダリルフェナ、大好き‼
私たちはその名のとおり一心同体になり、転げまわって、一緒に笑った。

あとがき

この度は「転生令嬢は冒険者を志す」を購入していただきありがとうございます。

本作が初めての書籍化で、感無量です。そしてこれが人生初のあとがきになります。

あとがきとは？　と検索しますと「読者への手紙」だそうです。それならば大好きな登場人物への想《おも》いや誕生話を読者の皆様にお伝えしようと思います。

まずはルー！　ルーのモデルはキタキツネです。北海道在住時、冬の朝カーテンを開けると、新雪に覆われた駐車場をキタキツネが口に獲物を咥《くわ》えて呑気《のんき》にトテトテ歩いてまして、すげえな北海道！　と景色ごと足跡ごと脳裏に焼き付きました。もっと丸っこく、もっと白くモフモフに……それがルーの登場シーンに。どんどん駄モフ化してますが、聖獣ですよ、お忘れなく！　いつかルーのカッコいい戦闘シーンを披露できるよう筆力UPに励みます。

次にセレフィオーネ。皆様が感情移入し、セレの頑張りを応援してもらえるように黒髪黒眼《くろめ》にしました。セレの顔立ちはラルーザとそっくり。Ｔｏｂｉ様の描《か》いてくださった大人ラルーザのように、セレもいずれ可愛《かわい》いから美しいへ成長すると思うとワクワクします！

トリはおばあさま。私は主に「小説家になろう」という小説投稿サイトで活動しています。そこで掲載した別作品で頂いた感想に、『この小説の敗因は、何があっても主人公の味方をしてくれる頼もしい同性の存在がいないことだ』というものがありました。胸にストンと落ちました。

本作の構想を練る際、セレフィオーネには孤独にならないように、常にドッシリして、揺るがない、強くてかっこいい最高の同性の味方を絶対に作ってあげよう！　と思いました。

おばあさま、爆誕です。

エルザ無しではこの話が全く進まないほどの存在感！　エルザがいるからこそ、この小説の魅力が増したと思っています。これからもおばあさまは体を張ってセレを守っていきます。おばあさまありがとう。


それでは改めまして謝辞を。

Ｗｅｂにて前述のようなアドバイスをくださったり、温かく見守ってくださった皆様、そしてこの本を手に取ってくださった皆様に厚く御礼申し上げます。今日の私があるのは読者の皆様のおかげです。今後とも未熟な作者を応援していただければ嬉《うれ》しいです。

星の数ほどある小説の中から、ルーとセレを見つけてくれて、作家のイロハを叩《たた》きこんでくださった担当編集様と出版に携わってくださった全《すべ》ての関係者の皆様。そしてルーやセレたちに、愛らしく！　クールに！　生き生きと息を吹き込んでくださったＴｏｂｉ様、感謝申し上げます。

今年は改元の年、時代の節目です。この記念すべき年が皆様方にとって素晴らしい年になりますように。

小田《おだ》ヒロ

カドカワBOOKS

転生《てんせい》令嬢《れいじょう》は冒険者《ぼうけんしゃ》を志《こころざ》す

2019年2月10日　初版発行

著者／小田《おだ》ヒロ

発行者／三坂泰二

発行／株式会社KADOKAWA

〒102-8177
東京都千代田区富士見2-13-3
電話／0570-002-301（ナビダイヤル）

編集／ビーズログ文庫編集部

印刷所／大日本印刷

製本所／大日本印刷

ISBN 978-4-04-735484-5 C0093

新文芸宣言

かつて「知」と「美」は特権階級の所有物でした。

15世紀、グーテンベルクが発明した活版印刷技術は、特権階級から「知」と「美」を解放し、ルネサンスや宗教改革を導きました。市民革命や産業革命も、大衆に「知」と「美」が広まらなければ起こりえませんでした。人間は、本を読むことにより、自由と平等を獲得していったのです。

21世紀、インターネット技術により、第二の「知」と「美」の解放が起こりました。一部の選ばれた才能を持つ者だけが文章や絵、映像を発表できる時代は終わり、誰もがネット上で自己表現を出来る時代がやってきました。

UGC（ユーザージェネレイテッドコンテンツ）の波は、今世界を席巻しています。UGCから生まれた小説は、一般大衆からの批評を取り込みながら内容を充実させて行きます。受け手と送り手の情報の交換によって、UGCは量的な評価を獲得し、爆発的にその数を増やしているのです。

こうしたUGCから生まれた小説群を、私たちは「新文芸」と名付けました。

新文芸は、インターネットによる新しい「知」と「美」の形です。

2015年10月10日
井上伸一郎